蒙
塔
巴
诺
警
长
探
案
系
列

蒙塔巴诺警长探案系列

◎ 水的形状

◎ 偷零食的贼

◎ 悲伤的小提琴

◎ 丁达利之旅

◎ 夜的味道

◎ 变色海岸线

◎ 蜘蛛的耐心

◎ 纸月亮

◎ 八月炙热

◎ 天蛾之翼

◎ 沙子跑道

◎ 陶工之地

蒙塔巴诺警长探案系列

悲伤的小提琴

[意]安德烈亚·卡米莱里　著

张　莉　译

LA VOCE DEL VIOLINO

Andrea Camilleri

新 华 出 版 社

图书在版编目（CIP）数据

悲伤的小提琴 /（意）安德烈亚·卡米莱里著；张莉译.
--北京：新华出版社，2017.12（蒙塔巴诺警长探案系列）
ISBN 978-7-5166-3713-5

Ⅰ.①悲…　Ⅱ.①安…　②张…　Ⅲ.①长篇小说 - 意大利 - 现代
Ⅳ.①I546.45

中国版本图书馆CIP数据核字（2017）第294548号

著作权合同登记号：01-2016-2574

La voce del violino by Andrea Camilleri
Copyright © 1997 by Sellerio Editore, Palermo
Simplified Chinese edition copyright © 2018 by Xinhua Publishing House
All Rights Reserved
本书中文简体字专有出版权属新华出版社

悲伤的小提琴

〔意〕安德烈亚·卡米莱里　著　　　张　莉　译

| 选题策划：黄绪国 | 责任印制：廖成华 |
| 责任编辑：高映霞 | 封面设计：李尘工作室 |

出版发行：新华出版社
地　　址：北京石景山区京原路8号　　邮　　编：100040
网　　址：http://www.xinhuapub.com
经　　销：新华书店、新华出版社天猫旗舰店、京东旗舰店及各大网店
购书热线：010-63077122　　中国新闻书店购书热线：010-63072012

照　　排：臻美书装
印　　刷：三河市君旺印务有限公司

成品尺寸：130mm×185mm　1/32
印　　张：7.5　　　　　　　　字　　数：160千字
版　　次：2018年1月第一版　　印　　次：2018年1月第一次印刷

书　　号：ISBN 978-7-5166-3713-5
定　　价：36.00元

1

　　萨尔沃·蒙塔巴诺警长打开卧室百叶窗的那一刻，他就意识到今天将是他倒霉的一天。现在还是凌晨，距离日出至少还有一个小时，但天已经蒙蒙亮，足以看清乌云密布的天空。越过海滩的灯光带，远处的大海看上去就像一条哈巴狗。清冷的海风在海上掀起一朵朵碎浪，不断拍打着海滩，海面上由此泛起了羽毛般的泡沫。每当这个时候，蒙塔巴诺就会把大海看成一条披着丝绸的小哈巴狗，吠叫着，一口一口地啃着自己的小腿。他的心情顿时黯淡了下来，尤其是想到上午还要去参加葬礼，心里就更加不爽了。

※

　　前一天晚上，他在冰箱里发现了保姆阿德莉娜做的新鲜鳗鱼，他自己又用柠檬汁、橄榄油和新鲜的黑胡椒稍稍加工了一下，准备美美地饱餐一顿。正当他细细品味美食之时，电话铃声响了。

　　"喂？长官？是您在接电话吗？"

　　"确实是我，坎塔。你可以继续说了。"

　　坎塔雷拉在警局负责接电话的工作，大家错误地认为只有这项工作稍微适合他，以为这样他带来的麻烦会相对少一些。但几次和他的通话都让自己格外恼火，蒙塔巴诺这才意识到，和他谈话时，尽量减少废话的唯一方法就是采取和他一样的说话方式。

"长官，不好意思哦，打扰您了。"

噢喔，他为他无意的打扰感到抱歉。蒙塔巴诺竖起耳朵听着，因为每当坎塔雷拉说话比较正式隆重的时候，往往都表明他有大事要向他汇报了。

"说重点，坎塔。"

"长官，三天前有人打来电话找您，说想和您当面谈谈。但那个时候您不在，我也就忘了告诉您了。"

"电话是从哪儿打来的？"

"从佛罗里达打来的，长官。"

听了这话，蒙塔巴诺是真的慌了，一瞬间，他仿佛看到自己穿着一件运动衫和美国缉毒机构共同调查一起复杂的毒品贩卖案。

"那你告诉我，你和他们说话时用的是什么语言呢？"

"我还可以用什么语言呢？我们说的是意大利语，长官。"

"他们有没有告诉你他们打电话来是为了什么？"

"当然啦，他们跟我说了坦布拉诺副局长的老婆是怎么死的。"

蒙塔巴诺不由自主地长吁了一口气。电话其实不是从佛罗里达打来的，而是从锡拉库扎市附近的弗洛里迪亚镇警察总部打来的。卡泰丽娜·坦布拉诺病重已经有一段时间了，所以，这个消息并没有让他感到十分惊讶。

"长官，您还在听吗？"

"在呢，坎塔，听着呢。"

"他们还说，葬礼在星期二上午九点。"

"星期二？你是说明天上午？"

"是的，长官。"

他和米歇尔·坦布拉诺是至交好友，葬礼是必须要去参加的。这样一来，他之前没有打电话表达慰问的过失也就得以弥补了。弗洛里迪亚距离维加塔约有三个半小时的车程。

"坎塔，听着，我的车在修车厂。我现在在马里内拉，你想办法给我弄一辆警车，明天早上五点我要用。告诉奥杰洛警官，我整个上午都不在办公室，下午才回去。明白了吗？"

※

淋浴完出来，他的皮肤已经红得像龙虾一样了。之前看到的大海让他浑身发冷，为了驱赶身上的寒意，他把水温调高了一些。开始刮胡子时，他听到了警车的声音。事实上，那声响足以让方圆十公里内的人都听见。警车速度极快，刹车时发出尖锐的响声，车轮底下的碎石向四周飞出。随后，发动机持续轰鸣着，齿轮以可怕的速度高速运转着，轮胎滑行发出刺耳的声音。司机一个急转弯，车头就已经掉转了方向。

当蒙塔巴诺走出房子准备离开时，他发现加洛——警局的专职司机——正在那儿沾沾自喜。

"长官，看那儿，那些车轮印儿，多高超的车技，完美的一百八十度大转弯！"

"那祝贺你了。"蒙塔巴诺冷冷地说道。

"需要我把警报器装上吗？"他们即将出发时，加洛问道。

"装你个头啊。"蒙塔巴诺不耐烦地说道，随后闭上了眼睛，显然不想再跟他继续交谈下去了。

※

看见上司闭上了眼睛，加洛的脚立刻踩上了加速器，车子很快就达到了他认为更符合自己驾驶水平的速度。他们在路上行驶了也就十五分钟，事故就发生了。听到尖锐的刹车声，蒙塔巴诺睁开了眼睛，但什么都还没看清，头就猛地向前倾，然后又被安全带拉了回来。接下来是金属间震耳欲聋的撞击声，随后，一切又回归沉寂，如同童话般的安静，还能听见鸡鸣狗叫的声音。

"你受伤了？"警长看见他正揉着胸口，于是便问道。

"没有，您呢？"

"我没事。刚刚是什么情况？"

"有只鸡突然窜了出来。"

"鸡窜到车前面，这事倒是新鲜。下车看看车的损坏程度吧。"

他们从车里走出来，周围一个人影都没有。沥青碎石路面上留下了一段长长的滑行痕迹。就在那痕迹开始的地方，有一个小黑点。加洛走过去，然后得意洋洋地转过身。

"您看我说什么来着，"他对警长说道，"就说是一只鸡嘛！"

看来这是一起简单的自杀案。之前合法停在路边的一辆车在刚才的猛烈撞击下，车尾已经严重受损。那是一辆深绿色的"雷诺丽人行"，停在那儿是为了阻挡别的车开进那段还没铺好的车道，那条车道通往三十米开外的一栋两层楼房，楼房的门窗都关着。警车也受到了一定的损坏，大灯碎了，右边的保险杠也已经变形。

"那我们现在该怎么办？"加洛垂头丧气地问道。

"我们得继续赶路。你觉得车子还能开吗？"

"我试试吧。"

伴随着又一阵巨大的金属撞击声，警车和另外一辆车分离开了。房子的窗户旁依然没有人影，他们一定是睡熟了，所以才对外边的声响一无所知。这辆"丽人行"一定属于这栋房子里的某个人，因为在附近区域并没有其他房子。加洛在一旁试图徒手扳正保险杠，蒙塔巴诺则在一张纸上写下了维加塔警察局的电话号码并将纸条放在了汽车挡风玻璃的雨刮器下面。

※

人要是倒霉起来，真的会一整天都霉运缠身。大约半个小时后，他们又重新上路了。加洛又开始揉他的胸口，从他时不时扭曲的面部表情可以看出他正经历着的一阵阵疼痛。

"我来开吧。"警长说道。加洛没有反对。

快要到达费拉镇时，蒙塔巴诺驶离了主道，转而朝镇中心方向开去。加洛闭着眼睛，脑袋靠在车窗上，因此并没有注意到。

"我们这是到哪儿了？"他感觉到车子停下来了，即刻问道。

"这是费拉医院，下车吧。"

"我没事的，长官。"

"下车，让医生给你好好检查一下。"

"好吧。把我放下之后您还是继续赶路吧，回程的时候把我捎上就行。"

"废话少说，进去吧。"

经过听诊、三项血压检查、X光，以及其他各种检查之后，三个多小时已经过去了。最后，医生断定加洛并没有受伤，他感到疼痛只是因为之前撞到方向盘了，而虚弱则是源于他对恐惧的本能反应。

"那我们现在该怎么办？"这是加洛第二次问这个问题了，听起来比上次还要沮丧。

"你觉得呢？我们还得继续赶路，车还是我来开吧。"

※

蒙塔巴诺警长以前来过弗洛里迪亚三四次，他还记得坦布拉诺一家的住址，于是便径直朝圣母玛利亚教堂开去，因为这个教堂刚好就在他这位同事家附近。到达广场的时候，他看到了教堂的黑色装饰和涌入教堂的人群。仪式一定是推迟了，很明显，他并不是唯一一个出状况的人。

"我把车开到镇里的警车修理厂让他们帮忙检查一下吧。"加洛说道，"然后我再回来接您。"

蒙塔巴诺走进了拥挤的教堂，仪式正好刚刚开始。他环顾四周，并没有发现熟人。坦布拉诺此时一定站在第一排，靠近主祭坛前面摆放的棺材。警长决定留在现在这个靠近入口的位置，这样的话，当棺材被抬出教堂时，他还有机会和坦布拉诺握握手。弥撒曲进行了一段时间之后，牧师终于缓缓开口，而这时，蒙塔巴诺怔住了。

他断定自己没有听错。

牧师的话是这样开始的："我们亲爱的尼古拉已经离开了这个充满苦难的世界……"

蒙塔巴诺警长鼓起勇气，拍了拍一位小老太太的肩膀。

"打扰一下，夫人，请问这是为谁举办的葬礼？"

"已故的拉吉尼尔·佩科拉罗，怎么这么问？"

"我还以为这是坦布拉诺夫人的葬礼呢。"

"不不，那个葬礼在圣安娜教堂举行。"

他一路跑了近十五分钟才到了圣安娜教堂，气喘吁吁、汗流浃背的他只看到牧师一个人站在空荡荡的教堂正厅。

"请问坦布拉诺夫人的葬礼在哪里举行？"

"葬礼已经结束快两个小时了。"牧师盯着他回答道。

"那您知不知道她是葬在这里还是葬在其他地方呢？"蒙塔巴诺继续问道，尽量避开牧师的注视。

"应该没有葬在这里。仪式结束之后，灵车就开往维博瓦伦蒂亚了，她将被安葬在那里的家族墓群中。她丈夫的车就跟在灵车后面。"

所以，他们今天完全是白跑了一趟。在圣母玛利亚教堂外的广场上，蒙塔巴诺看到了一家咖啡厅，外边摆着一些桌子。加洛开着已经完全修好的车回来的时候，已经将近下午两点了。蒙塔巴诺把发生的事全都告诉他了。

"那我们现在该怎么办？"加洛第三次问到这个问题，沉浸在沮丧的情绪之中不能自拔。

"你先尝尝奶油面包卷和冰咖啡，这家店的手艺相当不错。吃完之后我们就可以回家了。如果上帝和圣母玛利亚保佑的话，我们应该可以在傍晚赶回维加塔。"

※

祷告终于灵验了，返程的路上一切都十分顺利。

"那辆车还在那里。"加洛说道，这时，他们已经可以看到远处的维加塔镇了。

那辆"丽人行"还和他们早上离开的时候一个样，挡着那段没有铺好的车道。

"他们应该已经给警察局打过电话了。"蒙塔巴诺说道。

但话一说完，他就感觉自己错了，因为那辆车的状况和紧闭门窗的房子让他感到很不安。

"掉头。"他突然命令加洛道。

加洛随即来了个急转弯，招来了一阵汽车的鸣笛声。靠近那辆"丽人行"时，他又掉了个头，幅度比上次还大，然后把车停在那辆损坏的车后面。

蒙塔巴诺匆忙从车里出来。果然如同他在后视镜中看到的那样，写着电话号码的纸条仍然在挡风玻璃的雨刮器下压着，根本就没人碰过。

"这中间一定有问题。"蒙塔巴诺警长对站在他身边的加洛说道，然后开始沿那条车道朝房子走去。房子是新建的，门前的草被石灰烧得蔫了，院子的一角堆放着一堆还没用过的瓷砖。蒙塔巴诺仔细检查了百叶窗，发现没有光从屋里透出。

他走到前门按响了门铃，等了一会儿，然后又按了一次。

"你知道这栋房子是谁的吗？"

"不清楚，长官。"

他该怎么做？夜幕降临，他开始有种深深的疲惫感，这毫无意义、让人身心俱疲的一天让他有种无力感。

"我们走吧。"他说道，随后还加了句试图说服自己的话，"我确定他们一定会给警局打电话的。"

加洛用怀疑的眼神看了他一眼，但并没有说话。

※

警长没有把加洛带回警局，而是直接把他送回家休息了。他的副手米米·奥杰洛并不在局里，他被叫去向蒙特鲁萨总局新任局长卢卡·博内蒂·阿德里奇汇报工作了。这位局长是一位年轻有为的贝加莫人，曾经仅用一个月的时间就成功地拉拢了那些痛恨战争的人们。

"您不在维加塔，局长表示很遗憾。"法齐奥—— 一位他最信任的警员——说道，"所以奥杰洛警官才不得不代替您去。"

"不得不去？"警长反问道，"我看他是刚好逮住了这个机会可以好好炫耀一番了吧。"

他跟法齐奥讲了他们今天上午遭遇的事故，同时还问了问他是否知道房子的主人是谁。法齐奥并不知道，但却向他的上司保证，明天上午他就去镇政府调查清楚。

"顺便说一声，您的车在警局的车库里。"

回家之前，警长问了下坎塔雷拉。

"你好好回想一下，有人打电话到警局询问一辆被我们撞了的汽车吗？"

然而并没有。

※

"你倒是给我说清楚呀。"利维娅在电话那头生气地说道，电话是从热那亚的波卡达区打来的。

"你想了解什么，利维娅？我已经跟你说过了，我现在再重复一遍，弗朗索瓦的收养文件还没有到位，因为这中间出了些意想不到的小状况，之前一直支持并帮助我的老局长已经退休了。我们还得耐心地等等。"

"我要说的不是收养的事。"利维娅冷冷地说道。

"不是吗？那你刚才说什么了？"

"我们结婚的事。就算收养程序上出了点儿问题，但也不影响我们结婚不是吗？这两件事并没有什么关联。"

"是啊，是没有联系。"蒙塔巴诺答道，心里开始担忧和苦恼。

"我要你直截了当地回答我两个问题。"利维娅不依不饶地继续道，"第一，如果最后收养不了孩子，我们该怎么办？第二，在你看来，无论如何，我们两个人最后会不会走到一起？"

突然，电话那头响起了震耳的雷声，蒙塔巴诺也就找到了抽身的机会。

"那是什么声音？"

"打雷呢。我听说过一个可怕的故……"

还没等她说完，他就挂断了电话，还把电话线给拔了。

　　他根本无法入睡，躺在床上翻来覆去，缩成一团。已经快凌晨两点了，他却毫无睡意。于是，他爬下床，穿好衣服，拿上一个皮包——那还是之前一个小偷朋友送给他的，随后就开车离开了。这场暴风雨仿佛比以往任何一次都更加猛烈，闪电划过，照亮了漆黑的夜空。当他到达那辆"丽人行"所在的位置时，他把车停在树下，关掉了大灯，然后从仪表盘下的小柜里拿出一把枪、一副手套和一个手电筒。等雨稍微变小一点时，他纵身一跃横跨过马路，走上了那条还没有铺好的车道。他贴在前门上观察着屋里的动静，然后试着摁了摁门铃，依旧没有人回应。随后，他戴上手套，从皮包里掏出一个很大的钥匙圈，上面挂着十几个形状各异的撬锁工具，他试了三次才把门打开。门只用闩锁锁定，并没有锁死。他走进房子，关上了身后的门。屋里一片漆黑，他弯下腰，解开鞋带，脱了那双湿鞋，只穿着袜子。然后，他打开手电筒照向地面，这才发现自己现在所在的地方是一间大餐厅，再往前走就可以进到客厅。屋里的家具散发着一股油漆味儿，一切都是崭新的，干净而有序。一扇门将厨房和餐厅隔开，从光泽上来看，那是在广告中才能看到的高档货，另一扇门通往浴室，里面一尘不染、洁净闪亮，看起来好像没有人使用过。他慢慢地爬上楼梯来到二楼，发现那里有三扇紧闭的房门。他打开第一扇门，那是一间整洁的小客房。第二扇门内是一间比楼下浴室更大的浴室，但与楼下那间不同的是，这间浴室很凌乱，一件粉色的浴袍凌乱地躺在地板上，应该是穿着它的人匆忙脱下来的。第三扇门内是主卧室，卧室内有一具赤裸的、半跪着的女性尸体。她趴在床的边缘处，手臂伸展着，脸被埋在床单里，床单已经被她的指甲划破了。由此可以推测，这个年轻的金发女人在快要窒息死亡的时候曾狠狠地挣扎过一番。不出意外的话，这个女人应该就是这栋房子的主人。

蒙塔巴诺走上前，摘下手套，轻轻碰了碰尸体，又冷又僵硬。不过，看得出来，她很漂亮。警长回到一楼，穿上鞋子，擦掉鞋子在地板上留下的印记，然后走出房子，关上门，横穿过马路，开车离开了。在开车回马里内拉的路上，他的脑子飞快运转着。如何将这起杀人案公之于众？肯定不能直截了当地把他发现的过程告诉检察官。之前的检察官洛·比安科为了追逐自己的梦想，从事历史研究去了。现在，代替他的是一位名叫尼科洛·托马塞奥的威尼斯人，长着张娃娃脸，还留着贝尔菲奥雷烈士那样的八字须和络腮胡，时时刻刻都在强调自己那"不容置疑的特权"。蒙塔巴诺到家了，在他打开房门的那一刻，脑子里灵光一现，突然想到一个解决问题的办法。之后他便美美地睡了一小会儿。

2

第二天早上八点半，蒙塔巴诺来到了办公室，整个人看上去精神焕发、神清气爽。

"你知道吗，我们新来的局长真是个高尚的人。"这是米米·奥杰洛大早上看到他说的第一句话。

"这是基于道德判断还是从他的纹章上得出的结论？"

"后者。"

"那我从他的称谓上就能看出来。那你又是如何做的呢，米米？你如何称呼他呢？伯爵、男爵还是侯爵？你把他讨好到什么程度了啊？"

"拜托，萨尔沃，你别没完没了啊！"

"我没完没了？法齐奥可告诉我了，你和他通话的时候说的尽是些拍马屁的话，之后你就匆匆离开警局去见他了，内心迫不及待吧？"

"你听好了，局长的原话是这样的，'如果蒙塔巴诺警长不在的话，还请你即刻前来。'那我能怎么办？告诉他我不能去，因为去了会让我的上司不爽？"

"他要干什么？"

"他并不是单独召见某个人，省内近一半的警长都去了。他说他打算进行一场现代化革新，那些不能按照他的要求和速度完成任务的人将被停职，这就是他的原话。很明显，他指的是你和卡拉希贝塔局的桑德罗·图里。"

"你怎么知道他指的是我们两个人？"

"因为他说'停职'的时候，看了一眼图里，然后看向了我。"

"或许他指的就是你呢？"

"拜托，萨尔沃，大家都知道他对你的印象不太好。"

"那位局长大人到底想干什么呢？"

"他告诉我们，几天之后，一批崭新的现代化计算机就要到货了，他要求省里的每个警局都配备上最新的计算机设备，并且要求在场的每个人都报给他一个局里熟练掌握计算机技术的警官的姓名。我照做了。"

"你是疯了吗？局里根本没人会用那鬼玩意儿。你把谁的名字报上去了？"

"坎塔雷拉。"米米·奥杰洛一脸严肃地说道。

干得漂亮。蒙塔巴诺猛地起身，跑向他的副手并给了他一个热情的拥抱。

※

"我已经把您感兴趣的那栋房子的一切情况都摸清楚了。"法齐奥说道。此刻，他正坐在警长办公桌前的椅子上。"我和在镇里工作的职员聊过了，他对维加塔的任何人、任何事都了如指掌。"

"那就说说吧。"

"是这样，建房子的那块地原本是归罗萨里奥·立卡兹医生所有。"

"什么医生？"

"看病的医生。大概十五年前，他去世了，把这块地留给了他的大儿子埃马努埃莱，也是一个医生。"

"他生活在维加塔吗？"

"不，他现在工作和生活在博洛尼亚。两年前，这位埃马努埃莱·立卡兹娶了当地的一位姑娘，来到西西里度蜜月。那位太太一看到那块地就想着以后要在那儿建一栋小房子。所以现在就成了您看到的样子。"

"那你知道立卡兹一家现在在什么地方吗？"

"丈夫在博洛尼亚，最近一次见到那位夫人是在三天前，就在维加塔。她东奔西跑，正在忙着装修那栋房子。她开的是一辆深绿色的'雷诺丽人行'。"

"那就是加洛撞上的那辆了。"

"没错。那位职员告诉我，她是那种非常吸引人的类型，长得很美。"

"真搞不明白，为什么她还没有打电话过来。"蒙塔巴诺说道，心想自己绝对是个表演天才。

"就这一点来说的话，我心里已经有定论了。"法齐奥说道，"因为那位职员说那位女士，呃，可以说是相当友好的。我的意思是，她的朋友很多。"

"女性朋友？"

"也有男性朋友。"法齐奥强调道，"可能她去她的朋友家了，他们开车把她接走的，要等她回来才能发现自己的车被撞了吧。"

"听起来还蛮有道理的。"蒙塔巴诺总结道，还在继续演戏。

※

法齐奥刚离开，警长就拨通了克莱门蒂娜·瓦西里·柯佐的电话。

"我亲爱的夫人，最近好吗？"

"警长？真是惊喜！上帝保佑，我挺好的。"

"您不介意我前去拜访您吧？"

"随时欢迎。"

克莱门蒂娜·瓦西里·柯佐是一位患有截瘫的老人，曾经是一名小学老师，充满智慧，带着一种与生俱来的高贵。三个月前，警长在一起复杂案件的调查中与她相识，之后就一直扮演着她儿子一样的角色。虽然蒙塔巴诺从来没有公开承认过这件事，但他的确是愿意将她当作母亲来看待的。警长在很小的时候就失去了自己的母亲，所以对母亲的印象很模糊，脑海里只留下了一道金色的光。

"妈妈的头发是金色的吗？"他曾问他的父亲，希望弄清为什么妈妈在他脑海中的形象就只是那些细微的光。

"就像阳光下的麦穗一样。"这就是父亲简短的回答。

蒙塔巴诺已经养成了习惯，每周至少给克莱门蒂娜太太打一个电话，跟她说说自己最近办的案子。他的来访总会让老太太开心半天，给她单调规律的生活带来乐趣。所以，老太太总会把他留下来一起吃晚餐。老太太家有个保姆，名叫碧娜，脾气不太好，而且不太喜欢蒙塔巴诺警长。但她做得一手好菜，警长也就不跟她计较了。

※

克莱门蒂娜太太穿着得体，肩上披着一条印度丝绸披肩，将警长领进了客厅。

"今天有场小型音乐会。"她小声地说，"不过已经快要结束了。"

四年前，克莱门蒂娜太太从她的保姆碧娜那儿得知——碧娜应该也是从小提琴家的保姆尤兰达那儿听说的，住在她家楼上的著名音乐家卡塔尔多·巴贝拉因个人税收问题卷入了一场较大的麻烦当中。因此，克莱门蒂娜太太就跟自己在蒙特鲁萨税务署工作的儿子说明了一下情况，结果发现整件事根本就是一场误会，最后也得到了圆满的解决。大约十天之后，楼上的保姆尤兰达给克莱门蒂娜太太送来一张便笺，上面写着："亲爱的克莱门蒂娜太太，为了报答您上次的相助，我将在以后每个周五上午九点半到十点半为您演奏一场。卡塔尔多·巴贝拉敬上。"

之后的每个周五上午，为了向这位音乐大师表达敬意，克莱门蒂娜太太都会盛装打扮，来到一间特别的小客厅里，那儿是欣赏音乐的绝佳位置。九点半整，楼上会准时响起这位音乐大师拉出的第一个音符。

所有维加塔人都听说过音乐家卡塔尔多·巴贝拉，但很少有人亲眼见过他。六十五年前，他出生在维加塔的一个小家庭，父亲是铁路工人。后来，因为父亲工作调动的缘故，不到十岁的卡塔尔多跟随父亲离开维加塔迁居到了卡塔尼亚。这个维加塔人从报纸上学到了很多关于音乐的知识。在正式学习了小提琴之后，卡塔尔多·巴贝拉迅速走红，成为国际知名的音乐演奏家。令人意想不到的是，当红之时，他竟辞职回到了维加塔，在这儿买下了一套公寓，一直到现在都心甘情愿地过着隐居的生活。

"他都演奏些什么曲目呢？"蒙塔巴诺问道。

克莱门蒂娜太太将一张纸递给他，这位音乐家通常会在演奏的前一天给她送一张第二天将要演奏的曲目表，都是亲自手写的。当天演奏的曲目有帕布罗·德·萨拉萨蒂的《西班牙舞曲》和亨里克·维尼亚夫斯基的《谐谑曲与塔兰泰拉》第十六号。演奏结束后，克莱门蒂娜太太把电话线重新接上，拨通了一个电话，放下听筒后开始鼓掌，蒙塔巴诺也兴致盎然地拍了拍手。他对音乐一窍不通，但有一件事他是十分确定的：卡塔尔多·巴贝拉绝对是一位伟大的艺术家。

"夫人，"警长开口说道，"我得承认，这次来访完全是有事相求，我需要您帮我一个忙。"

接着，他把前一天发生的所有事情都和盘托出了，包括早上发生的事故、参加的那场错误的葬礼、他晚上对那栋房子的探索，以及他发现的尸体。说完之后，警长犹豫了，因为他不知道该如何开口说出自己的请求。

克莱门蒂娜太太已经从他的叙述中察觉到了他时而兴奋时而

不安的情绪，于是催促他继续说下去。

"警长，接着说吧，没什么不好意思的。你想让我帮你什么忙？"

"我希望您打个匿名电话。"蒙塔巴诺鼓起勇气说道。

※

他回到办公室，约十分钟后，坎塔雷拉将电话递给他，那是局长办公室主任拉特斯博士打来的。

"你好，蒙塔巴诺，我的老朋友。最近过得还好吗？呃，一切都还顺利吧？"

"挺好的。"蒙塔巴诺简短地回答道。

"那就太好了。"这位长官没好气地说。难怪他的绰号叫"拿铁咖啡"呢，任谁都受不了他那甜得发腻的问候方式吧。

"您打电话所为何事，我很乐意为您效劳。"蒙塔巴诺鼓动他继续往下说。

"是这样，十五分钟前，有位女士打电话来要求和局长通话，她的态度很坚决，但局长一时抽不出时间就让我接了电话。那女人歇斯底里地大叫着，说是在三泉区的一栋房子里发生了命案，还没说清楚就挂了。局长希望你前去调查一下，搞清楚是怎么回事，然后回来向他汇报。那位女士说那栋房子很好找，因为门前停着一辆深绿色的'丽人行'。"

"我的天哪！"蒙塔巴诺惊叫道，开始了他的第二轮表演，前面克莱门蒂娜太太表演得还是非常完美的。

"你怎么了？"拉特斯博士问道，他的好奇心也被瞬间激发出来了。

"这也太巧了吧！"蒙塔巴诺说道，声音中满是诧异，"我稍后再跟您详说。"

※

"喂？我是蒙塔巴诺警长，请问是托马塞奥检察官吗？"

"正是。您好，有什么可以帮您的吗？"

"尊敬的检察官先生，我刚接到了局长办公室打来的电话，有人打来匿名电话向他们举报说在维加塔郊区的一栋小房子里发生了一起命案。他命令我前去调查清楚，我出发前特来向您请示。"

"该不会是恶作剧吧？"

"宁可信其有啊。我打电话也完全是出于对您特权的尊重。"

"那倒是啊。"托马塞奥检察官说道，听到这话满心欢喜。

"那我是得到您的许可，可以前去调查了？"

"当然可以。如果真的发生了命案，记得第一时间通知我，等我赶到现场再做进一步调查。"

蒙塔巴诺把法齐奥、加洛和加鲁佐叫来，让他们和自己一块儿去三泉区调查一下，看看是不是真的发生了谋杀案。

"就在那栋您让我打听的房子里吗？"法齐奥目瞪口呆地问道。

"就是那辆被我们撞了的'丽人行'所在的那栋房子吗？"加洛插嘴道，满眼惊愕地看着他的上司。

"没错。"警长用两个字回答了两个问题，假装一脸镇定。

"太牛了吧，长官，简直是先知啊！"法齐奥一脸崇拜的大声道。

※

他们终于出发了，而蒙塔巴诺已经受够了。他受够了他要上演的那出闹剧——发现尸体时还得假装吃惊；受够了检察官、法医和取证小组的拖拖拉拉——他们总是要花好几个小时才能到达犯罪现场。所以，他决定加快速度。

"把手机递给我。"他对加鲁佐说道。此刻，加鲁佐正坐在自己前方的副驾驶位置上，而加洛自然是坐在驾驶位置。

他拨通了托马塞奥检察官的电话。

"我是蒙塔巴诺。检察官先生，您听好，那个电话并不是玩笑，很抱歉地告诉您，我们在屋子里发现了一具尸体，确切地说，是一具女尸。"

听到他的这番话之后，车子里的几个人反应不尽相同。加洛手上一顿，车子被无意识地转向了对向行车道，和一辆装有铁棍的卡车轻擦了一下。加洛低声咒骂了一句，随即又重新掌控了方向盘；加鲁佐被吓了一跳，睁大了双眼，转过身目瞪口呆地盯着他的上司；法齐奥看上去则很淡定，眼睛直直地盯着前方，脸上看不出任何表情。

"我马上赶到。"托马塞奥检察官说，"把房子的准确位置告诉我。"

蒙塔巴诺更加忍受不了了，干脆把电话塞给了加洛。

"你把地址告诉他，然后打电话给帕斯夸诺和取证组。"

法齐奥一路上都没说话，直到他们把车停在那辆深绿色的"丽人行"后面时，他才开口。

"您进去之前戴手套了吗？"他问道。

"带了。"蒙塔巴诺答道。

"不管怎样，既然现在我们要进去了，为了安全起见，您可以多碰碰里面的东西，留下尽可能多的指纹。"

"我已经想到这一点了。"警长说道。

经过头天晚上的暴风雨，挡风玻璃雨刮器下的那张纸片已经残留不多了，上面的电话号码也已经被雨水冲得看不清楚了。因此，蒙塔巴诺也就没有去把它取下来。

※

"你们在楼下看看。"警长对加洛和加鲁佐说道。

然后，在法齐奥的跟随下，他往楼上走去。因为开了灯，这个女人的尸体看上去并不像上次在昏暗的手电光照射下那么可怕。尽管那绝对不是一具假的尸体，但看上去总感觉不那么真实。尸体铁青、惨白又僵硬，就像庞贝古城遇难者的石膏模型一样。因为脸朝下，所以没办法看到她的长相，但看得出来，在死亡之前，她一定激烈地挣扎过。一头金色的头发散落在被撕裂的床单上，从肩膀到颈部可以看见明显的紫色瘀伤。杀手一定费了很大的力气才将她的脸深深地摁进床垫里，最后导致她窒息而死。

加洛和加鲁佐也来到了二楼。

"楼下所有的东西看上去都井然有序。"加洛说道。

她看起来的确很像一个石膏模型，但不可否认的是，她一个年轻的女人，赤身裸体地被谋杀了，隐约传递出了某种淫秽的信息。她的隐私被侵犯了，毫无保留地落入了这几个进入房间的警察的八只眼睛里。似乎为了给她一些作为人的尊严，他问法齐奥道："他们告诉过你她的名字吗？"

"嗯，如果这位就是立卡兹太太的话，那她的名字叫米凯拉。"

蒙塔巴诺走进浴室，从地板上捡起那件粉色的浴袍，拿到卧室，盖在了尸体上。

他来到楼下，心想：如果她还活着的话，这位米凯拉·立卡兹太太应该还要忙活一阵儿来整理她的新居吧。

在一楼客厅里，两张卷起的地毯立在角落，沙发和扶手椅的透明塑料包装都还没拆，一张小桌子，桌脚朝上倒立在一个未打开的大箱子上。客厅里唯一一件还算有序的物件是一个小玻璃展示柜，柜子里的东西都整齐地摆放着：两个古董风扇、几个陶瓷雕像、一个合着盖子的小提琴盒和两个非常美丽的贝壳，都是些收藏的小玩意儿。

取证小组第一个到达。为了找人接替取证组老主管贾科穆齐的工作，博内蒂·阿德里奇局长精心挑选了年轻的阿克法医，来自佛罗伦萨。之前的取证小组主管贾科穆齐极其爱出风头，总是第一个冲上去在摄影师、电视摄像和记者面前摆各种姿态。蒙塔巴诺经常嘲笑他，戏称他为"皮波波多"。实际上，贾科穆齐从不相信法医能在案件调查中发挥多大的作用。他坚持认为，不管有没有显微镜和其他分析，凭借直觉和理性，迟早都会找到解决方案。但对于博内蒂·阿德里奇来说，他的想法简直是胡说八道，因此他也就被无情地换掉了。而新来的万尼·阿克法医简直就是哈罗德·劳埃德的翻版，头发总是乱蓬蓬的，穿着打扮像三十年代电影里心不在焉的教授，对科学极度崇拜。蒙塔巴诺总是不把他当回事儿，阿克法医对警长也是一副皮笑肉不笑的模样。

随后，取证组的大部队赶到了，两辆警车的警笛此起彼伏，那场景就好像他们置身于德克萨斯州。车上下来八个人，都穿着便服，他们做的第一件事就是从后备厢卸下各种工具箱，看起来就像一个电影摄制组准备开始拍摄。阿克走进客厅，蒙塔巴诺招呼都没打，只是指了指上面，表示他们关心的东西在楼上。

还没等大家都来到二楼，蒙塔巴诺就听到阿克大叫道：

"抱歉，警长，你能上来一下吗？"

他慢悠悠地往上走，刚到卧室门口，就发现这位主管的眼睛正死死地盯着自己。

"你发现尸体的时候就是这个样子吗？"

"不是。"蒙塔巴诺冰冷地说，"她是光着的。"

"那那件浴袍你又是从哪儿拿来的？"

"浴室。"

"把所有东西都给我放回原位去！你把现场都破坏了，这是非常严重的错误。"

蒙塔巴诺一言不发地走上前，把盖在尸体身上的浴袍掀起，挂在了自己的手臂上。

"哇噢，这屁股可真性感！"

说这话的是组里的一名摄影师，衬衫的下摆露在裤子外面，长相平庸，看上去就是一狗仔。

"如果忍不住，你就上啊。"警长冷冷地说，"反正她已经准备就位了不是吗？"

法齐奥知道蒙塔巴诺正尽力控制着自己，平静的外表之下潜藏着即将爆发的怒火。于是，他往警长身边挪了一步。警长直视着阿克的眼睛说道："现在知道我为什么要这么做了吗？蠢猪！"说完就离开了卧室。来到浴室后，他把那件浴袍扔在了之前所在的位置，然后洗了把脸，回到了卧室。

"我会打电话向局长汇报刚才的情况。"阿克冷冷地说道。而蒙塔巴诺的声音比他的还要冷得多。

"那你们一定聊得来，臭味相投嘛。"

※

"长官，我和加洛还有加鲁佐打算去外面抽根烟，我们好像妨碍这群人办事了。"

蒙塔巴诺一心在想别的事，并没有回答他。他从楼下的客厅回到楼上，开始检查二楼的小客房和浴室。

他已经把楼下都仔细地找了一遍，并没有发现他要找的东西。为了彻底查清楚，他硬着头皮再次走进卧室，那儿已经被前来取证的"入侵者"们翻得乱七八糟，警长再次仔细检查了一遍他之前看过的东西。

在屋外，警长给自己点了根烟，正好法齐奥刚打完电话。

"我拿到死者丈夫的手机号和他在博洛尼亚的住址了。"法齐奥解释道。

"长官，"加鲁佐突然打断了他们的对话，"我们三个刚刚讨论了一下，发现有些东西很奇怪……"

"卧室的衣柜还是塑封着的。"还没等他说完，加洛就插话道，"而且我还看了一下床底下。"

"我也在其他几间卧室里找过了，但是……"

法齐奥正准备说出他们的讨论结果，但看到他的上司抬了抬手，于是就没再说下去。

"屋里根本就找不到这位女士的衣服。"蒙塔巴诺总结道。

3

　　救护车到了，法医帕斯夸诺的车紧随其后。

　　"你去看看取证组在卧室的取证工作完成了没有。"蒙塔巴诺对加鲁佐吩咐道。

　　"多谢！"帕斯夸诺法医说道。他的座右铭是：有我的地方就没有他们。这个"他们"指的就是取证组的人。本来贾科穆齐和他那群邋遢的队员们已经够难应付的了，他又是如何忍受阿克法医和他那群看上去高效率的队员的呢？这个也只能靠大家的想象了。

　　"你手头的活儿多吗？"警长询问道。

　　"不算多，这周才处理了五具尸体。之前可不止这么多呀，看来最近不是命案高发期。"

　　加鲁佐回来了，他说取证组已经转移到浴室和客房了，卧室里已经没人了。

　　"你陪法医上楼然后再下来。"蒙塔巴诺对加洛说。帕斯夸诺感激地看了他一眼，他工作的时候喜欢自己一个人待着。

　　半个多小时后，检察官开着他那破旧的小车出现了，还没来得及刹车就撞上了一辆取证组的警车。

尼科洛·托马塞奥从车里出来，满脸通红，脖子看上去跟火鸡脖子一样。

"这路况太烂了！我遭遇了两起交通事故！"一句话算是对在场的人解释过他迟到的原因了。

众所周知，他开起车来就像一条嗑了药的疯狗。

为了阻止他立即上楼打扰到帕斯夸诺，蒙塔巴诺想到了一个很好的借口。

"检察官先生，我给您讲个特别有意思的故事吧。"

蒙塔巴诺把昨天发生的事挑了一部分讲给他听，随后指了指那辆被撞坏的"丽人行"，给他看了下压在挡风玻璃雨刮器下的纸张残片并解释说自己当时就已经怀疑屋子里有什么东西不对劲儿了。而局长办公室里接到的那个匿名电话刚好证实了自己的猜想。

"这也太巧了！"托马塞奥检察官惊叫道，除此之外并没有意识到其他问题。

检察官刚看到受害者的裸体就怔住了，警长也惊呆了。帕斯夸诺法医想办法把女人的头转了过来，之前埋在床垫里的脸，现在也可以看清楚了。眼睛凸出得厉害，以至于看上去特别不真实，眼神里透露出难以忍受的痛苦和恐惧。嘴角残留着血迹，应该是她在窒息痉挛时咬破了自己的舌头导致的。

帕斯夸诺法医就知道会有人前来打扰他，这让他很不爽。

"死亡时间应该是在周三晚上到周四凌晨，具体时间得等解剖后才能知道。"

"她是怎么死的？"托马塞奥问道。

"很明显，凶手将她的脸深深摁进床垫里，直到她窒息死亡。"

"那凶手一定格外强壮。"

"不一定。"

"那你能断定他们在厮打之前或之后发生过关系吗？"

"这个现在还判断不了。"

听了检察官说话的语气，蒙塔巴诺警长忍不住抬头看了他一眼。此刻的他满头大汗。

"凶手很可能强奸了她。"检察官继续说道，眼里闪烁着光芒。

在托马塞奥检察官看来，这绝对算是意外发现。显然，此刻的他完全沉浸在自己的想象中无法自拔。蒙塔巴诺想起自己曾经在哪儿看到过的曼佐尼评论尼科洛·托马塞奥的一句话："托马塞奥总是在人前装圣人，背后却忍不住偷偷往妓院跑。"

可见，他肯定是一个家庭的不幸。

"我会给您答案的，再会。"帕斯夸诺法医说完便匆匆离开了，显然是不想再听那些无聊的提问了。

"在我看来，行凶者一定是个疯子，在这位女士即将上床睡觉的时候突袭了她。"托马塞奥检察官十分肯定地说道，目光始终没有离开过那具女尸。

"尊敬的检察官大人，您看啊，现场并没有留下非法闯入的痕迹，而且一个一丝不挂的女人也不可能去给一个疯子开门还把他领到了自己的卧室。"

"这是什么逻辑呀，也许那位女士并不清楚那是个疯子，直到那什么的时候才……呃，你懂我的意思吧？"

"我个人更倾向于把这个案件看作是激情杀人。"蒙塔巴诺也开始消遣道。

"没错，谁说不是呢。"托马塞奥检察官听到这个与自己不谋而合的推断后兴奋地跳了起来，摸了摸自己的胡子，然后继续说道："我们得记住一点，打匿名电话报案的是个女人，一定是那位被丈夫背叛了的妻子。对了，你知道怎样能联系到受害者的丈夫吗？"

"知道，法齐奥警员有他的电话号码。"警长心情沉重地答道，他不喜欢向别人通报那些不幸的消息。

"把号码给我吧，我会处理好一切的。"检察官说道。

这位托马塞奥检察官果然是对每个小细节都要保证绝对的掌控权，真是个彻头彻尾的掠夺者。

"我们现在能把她带走了吗？"救护车队的人员问道，随后就走进了卧室。

※

又过了一个小时，取证小组才彻底完成了取证工作，然后离开了。

"那我们现在该怎么办？"加洛问道，他似乎对这个问题格外执着。

"把门关上，回维加塔。饿得我眼都花了。"警长答道。

※

蒙塔巴诺的保姆阿德莉娜已经把准备好的美食放进冰箱里了，美味的"珊瑚酱"。珊瑚酱由海螯虾籽和海胆浆制成，是拌意大利面的绝配。他把水放在炉子上烧着，在等水开的空当拨通了他朋友尼科洛·齐托的电话。齐托是自由频道的记者，那是蒙特鲁萨两家地方电视台中的一家。另外一家是维加塔卫视。新闻节目的主持人是加鲁佐的妹夫，不论是谁执政，这家电视台都毫无条件地支持着政府。因此，考虑到当时执政政府的性质以及自由频道左倾的事实，两个地方电台应该是极其相似的。但出人意料的是，这位尼科洛·齐托先生却是一位共产主义者。

"尼科洛吗？我是蒙塔巴诺，我们发现了一起谋杀案，但是……"

"我不会说是你告诉我的。"

"是一个匿名电话，电话里是一个女性的声音。今天早上，她打电话到蒙特鲁萨总局局长的办公室，说是在三泉区的一栋房子里发生了一起谋杀案。我们已经证实了确有其事，死者是一个年轻漂亮的女人，没穿衣服……"

"他大爷的！"

"她的名字叫米凯拉·立卡兹。"

"你有她的照片吗？"

"没有，凶手把她的手提包和衣服都拿走了。"

"他为什么要那么做？"

"这一点我也搞不清楚。"

"那你又如何知道她的名字叫米凯拉·立卡兹呢？有人认出她来了吗？"

"没有，我们正在尝试联系她住在博洛尼亚的丈夫。"

尼科洛还问了其他的一些细节，警长也都一一回答了他。

※

水烧开了，他把意大利面放了进去。这时，电话铃响了，他犹豫了一会儿，不知道该不该接。他怕这通电话持续时间太长，因为对于有些人来说，长话短说太难了，那样的话，刚下锅的意大利面就会由于煮的时间过长而失去嚼劲儿，他的珊瑚酱也就白瞎了。想到这些，他决定不接电话。实际上，为了防止电话再次响起，打扰到他品味美食的过程，他干脆把电话线拔了。

※

一个小时过后，他吃爽了，准备重新面对眼前的世界，于是又把电话线接上了。刚接上，电话就打进来了，他不得不接起来。

"喂！"

"喂？长官？是您本人吗？"

"是我本人，坎塔。有什么事吗？"

"托洛梅奥检察官打电话来了。"

"他叫托马塞奥，坎塔。他打电话有什么事？"

"他本人想和您本人讲话。他至少打了四次电话了，说让您本人给他回电话。"

"好的，我知道了。"

"对了，长官，我还有一件很重要的事要跟您说。蒙特鲁萨中心有人打电话给我，那个人叫，呃，我想想，叫托托纳警长。"

"是托尔托纳。"

"不管叫什么啦。他让我去参加计算机培训。您觉得怎么样，老大？"

"我真为你感到高兴，坎塔。参加完培训，你就可以成为专家了。你绝对是局里操作计算机的不二人选啊。"

"谢谢长官。"

※

"您好？托马塞奥检察官吗？我是蒙塔巴诺。"

"警长，我可是满世界找你呀。"

"抱歉，我实在是太忙了。忙着调查上周在水里发现的那具尸体的案件呢，相信您也已经听说了吧？"

"有什么新进展吗？"

"没有任何线索。"

检察官没有说话，蒙塔巴诺察觉到了他的困惑。由于刚才他们的对话完全没有什么实际意义，所以正如蒙塔巴诺所预料的一样，检察官并没有在上面那个问题上纠结下去。

"我想告诉你，我联系上了死者的丈夫，是住在博洛尼亚的立卡兹医生，而且已经把这个不幸的消息告诉了他。"

"他有什么反应？"

"呃，该怎么说呢，有点奇怪。他甚至都没问他太太的死因。毕竟她还那么年轻。他一定是个很冷血的人，很少为什么事难过。"

看来，这位立卡兹医生并没有按照这位托马塞奥掠夺者的剧本演下去。很明显，检察官因为没有看到一场悲伤的哭戏——尽管是远距离的哭戏——而失望不已。

"他说他今天无论如何都没办法离开医院，因为他还有几台手术要做，而那个替代他的人刚好生病了。他将乘坐明天早上七点零五分的航班到巴勒莫。因此，我猜他明天中午就可以赶到你的办公室了。今天找你要说的就这些。"

"谢谢您，检察官先生。"

※

加洛开着警车载着警员往警局走，按照法齐奥之前的吩咐，他告诉蒙塔巴诺，之前被撞坏的那辆"丽人行"已经被杰尔马纳警员拖回来停在警局的车库里了。

"这个主意不错。"

蒙塔巴诺回来后，第一个来办公室找他的人是米米·奥杰洛。

"我不是来和你谈工作的。后天，也就是周日上午，我要去我姐姐那儿，晚上再开车回来。你要不要一起？那样的话你也可以去看看弗朗索瓦。"

"我尽量把时间空出来。"

"尽量去一趟吧，我姐姐都准备好了，她想和你谈谈。"

"关于弗朗索瓦吗？"

"对。"

蒙塔巴诺有些焦虑了，如果奥杰洛的姐姐和姐夫决定放弃那个孩子的话，那他就真的进退两难了。

"我尽量吧，米米，谢谢你。"

※

"喂，请问是蒙塔巴诺警长吗？我是克莱门蒂娜·瓦西里·柯佐。"

"很高兴听到您的声音，夫人。"

"请用'是'和'不是'来回答我的问题。我平时对你好吗？"

"您对我太好了，噢，是！"

"还是用'是'和'不是'来回答哦。今晚九点要过来吃晚餐吗？"

"是。"

※

法齐奥得意洋洋地走进了警长的办公室。

"您知道吗，长官？我之前在想，看那栋房子的样子也不像是经常有人住，那立卡兹太太从博洛尼亚到这儿来之后都住在哪儿呢？所以我就给蒙特鲁萨中央警察局的一个同事打了电话，他刚好负责本地区的酒店巡视，从他那儿我得到了答案。米凯拉·立卡兹每次来这里都会住在蒙特鲁萨的乔利酒店，她最后一次登记入住是在七天前。"

法齐奥的话让蒙塔巴诺心里震了一下，他本来打算回到办公室就马上给立卡兹先生打电话的，但因为米米提到了弗朗索瓦，他心里有些不安，一下就给忘记了。

"我们现在可以去那家酒店吗？"法齐奥问。

"等等。"

蒙塔巴诺突然想起了什么。他问法齐奥要了立卡兹的电话号码，记在一张纸上后放进了口袋，然后拨通了电话。

"喂，是中央医院吗？我是西西里维加塔警局的蒙塔巴诺警长，我想找一下埃马努埃莱·立卡兹医生。"

"您稍等。"

他耐心并隐忍地等待着。就在他的耐心和自制力快要耗尽的时候，接线员又拿起了电话。

"立卡兹医生现在在手术室，麻烦您半个小时之后再打过来吧？"

"那我在车上再给他打吧。"他对法齐奥说，"带上你的手机，别忘了。"

他给托马塞奥检察官打了个电话，把法齐奥的最新发现告诉了他。

"哦，对了，我忘记告诉你了。"托马塞奥突然打断道，"我问他要他妻子在这里的电话号码时，他竟然说他不知道，而且说通常都是他太太给他打电话。"

警长还请求检察官给他准备一张搜查证，他会让加洛马上过去取。

"法齐奥，他们有没有告诉你立卡兹医生的专业是什么？"

"他们说他是一名整形医生。"

※

他们开车从维加塔前往蒙特鲁萨，走了一半路程的时候，警长再一次拨通了博洛尼亚中心医院的电话。这次没过多久，蒙塔巴诺就听到了一个坚定而有礼貌的声音。

"我是立卡兹，请问您是哪位？"

"立卡兹医生，很抱歉打扰您。我是维加塔警局的萨尔沃·蒙塔巴诺警长，正在处理您夫人的案件，请允许我向您表达我诚挚的慰问。"

"谢谢您。"

真是惜字如金呐，警长意识到自己得主动提问了。

"是这样，立卡兹医生，您今天跟检察官说您不知道您妻子在维加塔的电话号码。"

"没错。"

"这样的话，我们很难查到那个号码。"

"蒙塔鲁萨和维加塔的酒店数量总没有达到成千上万吧。"

看来这位立卡兹医生准备配合了。

"对不起，我还是得问一下，您就没有想过，如果遇到了紧急情况，您需要……"

"我觉得没有那样的需要。不管怎样，我有个远房亲戚住在维加塔，我那可怜的米凯拉和他联系过。"

"您能告诉我……"

"他的名字叫奥雷利奥·迪·布拉斯。我现在可以离开了吗？我必须马上回到手术室。我大概明天中午就可以赶到您办公室。"

"最后一个问题，您把发生的事情告诉您那位亲戚了吗？"

"没有，怎么了？我应该告诉他吗？"

4

　　"她是一位穿着得体、举止优雅的女士，长得也很漂亮。"克劳迪奥·皮佐塔说道。他是蒙塔鲁萨乔利酒店的经理，六十岁左右的样子，看上去很高贵。"她怎么了？"

　　"我们现在也不清楚。我们接到了她丈夫从博洛尼亚打来的电话，他现在很担心她。"

　　"据我所知，立卡兹太太周三傍晚离开了酒店，从那之后我们就没有再见过她了。"

　　"那您不担心吗？如果我没记错的话，现在已经是周五晚上了。"

　　"没错。"

　　"她告诉过您她不回来的事吗？"

　　"没有。但警长，您想想看，过去近两年的时间里，她总会定期来我们酒店，我们对她的一些习惯已经非常了解了。可以说，她的那些习惯都挺奇怪的。米凯拉太太并不是那种容易被人忽视的女人，您明白我的意思吗？我自己也常常会担心她。"

　　"您担心她？都担心些什么呢？"

　　"呃，这位女士拥有很多贵重的珠宝、项链、手链、耳坠、戒指……我问过她很多次要不要把它们寄存在酒店的保险柜里，但她都拒绝了。她把那些东西都装在一个袋子里，但她出门时又从来不拿手提包。她总是告诉我不用担心，说她并没有把珠宝留在房间里，到哪儿都随身携带着。我还怕她会在街上遭到抢劫，但她也总是笑笑说不会的。反正我总是没办法说服她。"

"您提到她有些奇怪的习惯，能说得更详细一些吗？"

"当然可以。这位女士喜欢熬夜，通常回来的时候都已经是凌晨了，天都快亮了。"

"独自一人吗？"

"绝大多数时候都是。"

"有喝醉或是喝多的时候吗？"

"从来没有，至少晚上值夜班的人是这么说的。"

"您能解释一下您为什么要跟值夜班的员工谈论立卡兹太太吗？"

克劳迪奥·皮佐塔的脸变得通红。很明显，他曾经也对米凯拉太太动过心思。

"警长，您应该理解吧……如此漂亮的一个女人，独自一人……难免会激发人的好奇心，这很正常吧？"

"继续说说她的习惯吧。"

"这位女士要睡到中午才起床，在那之前不喜欢别人打扰。她起床后会叫一份早餐到房间，然后就开始打电话和接电话。"

"有很多电话吗？"

"最起码我得到的那份列表上都列不下。"

"您知道她都给谁打电话吗？"

"要查的话总是可以查到的，只是有点儿难度罢了。在房间里打电话的话，只要在号码前加拨一个零就可以把电话打到新西兰去。"

"那打进来的电话呢？"

"呃，这个没什么可说的。接线员接到电话后就直接转到各个房间去了，只有一个办法可以知道是谁打过来的。"

"什么办法？"

"如果有人打电话过来，而他要找的客人刚好又不在的话，他会把名字留下，当天值班的人会把电话里留下的信息放在客人的钥匙盒里。"

"那位女士午餐在酒店吃吗？"

"很少，早餐吃得那么晚，这点您应该可以想到。但她也在酒店吃过午餐。实际上，酒店餐厅的领班告诉我，她在餐桌旁吃午餐的时候是相当镇定的。"

"抱歉，我没太明白您的意思。"

"我们酒店是很受欢迎的，用餐的多是商人、政客和企业家。有人心动地看着她，有人朝她微笑，有人则直接邀请她共进午餐，但最后都只是徒劳而已。据领班说，这位米凯拉太太从不忸怩作态，也不会生气，而是直接回应那些目光和微笑。事实上，那些人什么也做不了，最后只能无奈地离开。"

"她下午一般什么时候出门？"

"大概四点，直到深夜才回来。"

"那她在蒙塔鲁萨和维加塔的朋友圈应该很广。"

"这个我之前已经说过了。"

"她之前有夜不归宿的情况吗？"

"应该没有，不然的话值班人员会告诉我的。"

这时，加洛和加鲁佐到了，朝警长挥了挥手里的搜查证。

"立卡兹太太的房间号是多少？"

"一一八。"

"这是搜查证。"

酒店经理看起来有点儿生气了。

"警长，没必要搞得这么正式吧。您只要跟我说一声，我就……让我给您带路吧。"

"不用了，谢谢。"蒙塔巴诺礼貌地答道。

经理的脸色已经从有点儿难看变成了非常难看。

"我去取钥匙。"他冷冷地说道。

过了一会儿，他回来了，手里拿着钥匙和一小叠纸，都是打来电话的人留下的便条。

"给。"说完就把钥匙递给了法齐奥，把便条递给了加洛。然后突然朝蒙塔巴诺鞠了一躬，随后转身，僵硬地走开了，看上去就像一个运动的木偶。

※

一一八号房间里到处弥漫着香奈儿五号香水的味道。行李架上放着两个旅行箱和一个单肩包，都是路易·威登的牌子。蒙塔巴诺打开衣橱，里边有五条质量上等的连衣裙和三条做旧的牛仔裤，鞋子摆放区放着五双布鲁玛妮牌的细高跟鞋和三双休闲平底鞋。衬衫也都是格外昂贵的高档货，相当小心地叠放在柜子里，内衣按不同颜色放在指定的抽屉里，内裤清一色全是透气型的。

"里边什么也没有。"法齐奥检查完两个行李箱和单肩包后说道。

加洛和加鲁佐已经把床板和床垫都翻过来检查过一遍了，摇了摇头表示没有任何发现，然后开始把东西都归回原位。房间里所有的东西都井然有序，这也让他们印象深刻。

一张小桌子上有一些信件、便笺和一本日记，还有一沓电话留言条，比经理刚刚拿给加洛的多多了。

"我们得把这些东西带回警局。"警长对法齐奥说，"抽屉里也检查一下，只要是纸就都带回去。"

法齐奥从口袋里拿出他一直随身携带的塑料袋，开始将这些东西装进去。

蒙塔巴诺走进浴室，里面干净整洁，一切都井井有条。架子上摆着兰蔻的口红、资生堂的粉底、一大瓶香奈儿五号香水，等等。一件粉红色的浴袍静静地挂在吊钩上，明显比在家里发现的那件更柔软、更昂贵。

他回到卧室，开始打电话叫楼层服务员。过了一会儿，敲门声响了，蒙塔巴诺让她进来。房门打开了，进来了一位瘦弱的四十岁上下的女人。当她看到屋里的四个男人时，顿时变得四肢僵硬、脸色发白，弱弱地问道："你们是警察吗？"

警长忍不住笑了起来。得是多少年的警察暴力事件才使这位西西里妇女一看见执法人员就紧张到这个地步啊？

"没错，我们是警察。"他笑着回答道。

这位女服务员脸红地低下了头。

"不好意思，失礼了。"

"你认识立卡兹太太吗？"

"认识，她发生什么事了吗？"

"已经有几天没有她的消息了，我们正在找她。"

"就为了找她，您需要把她所有的纸都拿走吗？"

他们不能太低估这个女人，蒙塔巴诺决定向她坦白一些事。

"恐怕她身上发生了什么不好的事情。"

"我早就告诉她要当心。"这个服务员说，"她那包里至少装了五个亿，她还带着到处走。"

"她带了那么多现金在身上吗？"蒙塔巴诺吃惊地问道。

"我并不是说现金，而是她的那些珠宝。还有就是她生活的那种方式，很晚回来，很晚起床……"

"这些我们都知道了。你很了解她？"

"当然，从她和她丈夫第一次来酒店的时候就认识了。"

"那你能告诉我她是个怎样的人吗？"

"她从来不制造任何麻烦。她有严重的强迫症，所有东西都必须按秩序摆放。每当我们给她收拾房间的时候，她都会站在一边，确保所有东西都放回原位了。所以，那些上早班的女孩子在打扫一一八房间之前都会祈求上帝保佑，希望她不要太为难自己。"

"最后一个问题，你那些上早班的同事们有没有提到过有男性在她的房间里过夜。"

"从来没有。那样的事情我们会格外留意。"

※

在回维加塔的路上，蒙塔巴诺一直被一个问题困扰着：如果这位女士有过分追求秩序的强迫症，那为什么三泉区那栋房子里的浴室会一团糟，而且粉色的浴袍还被随意地丢在地板上？

※

晚上在瓦西里·柯佐太太家用餐，用月桂红烧的新鲜鳕鱼，直接加入盐、胡椒和潘泰莱里亚橄榄油调味，味道棒极了，而且配上较为清淡的西葫芦汤，一顿饭后，简直幸福感爆棚。用餐时，警长把案子调查的进展都告诉瓦西里·柯佐太太了。

"根据我的判断，"克莱门蒂娜太太说道，"真正的问题在于，为什么凶手把那个可怜女人的衣服、内衣、鞋子和手提包全都拿走了。"

"没错。"蒙塔巴诺附和道，并没有再说下去。因为他知道，只要克莱门蒂娜太太一开口，那她的话必定会切中要害，所以他不想打断她的思考过程。

"我能说的就只有这些了。"这位老太太继续说道，"根据我在电视上看到的那些信息推断的话。"

"您不看悬疑小说吗？"

"不经常看。不过，'悬疑小说'是什么意思？'侦探小说'又是什么？"

"呃，'悬疑小说'是文学的组成部分……"

"当然了，不过我并不想把各种类型都贴上明确的标签。我讲个很棒的悬疑故事给你听，如何？从前有个人，冒了很大风险才成为一座城的领袖。然而，他的臣民却渐渐染上了一种奇怪的疾病，一种瘟疫。因此，他开始寻找引发疾病的根源。最后，在调查过程中他发现，他自己就是疾病的根源。最终，他惩罚了自己。"

"真是个悲剧。"蒙塔巴诺自言自语道。

"这个悬疑故事不也可以看成是一个很棒的侦探故事吗？让我们言归正传，为什么凶手会把受害者的衣服全都带走？我们首先想到的答案是，这样的话，受害者就不那么容易被认出来了。"

"现在的情况并不是这样。"警长说道。

"没错，凭我的感觉，这样推理的话，我们正在往凶手设计好的那个方向走。"

"我不太明白。"

"我的意思是，凶手把所有东西都拿走，这样我们会以为他拿走的所有东西对他来说都是同等重要的。他想让我们把那些被拿走的东西当作一个整体来看待。但事情并不是那样。"

"没错。"蒙塔巴诺再次答道，更加对这位太太的分析能力印象深刻了，同时也更不想打断她那带有敏锐洞察力的讲述。

"一方面，单一个手提包就值近五个亿了，因为里边装的都是珠宝。对于一个普通的窃贼来说，把这个包偷到手，那他这一天就算是赚大发了，对吗？"

"没错。"

"但是，一个普通的贼有什么理由把她的衣服都拿走呢？无论如何也是说不通的。因此，如果凶手把死者的衣服、内衣和鞋子都一并带走的话，我们一定会认定这并不是一起普通的盗窃案。但事实上，他就是一个普通的窃贼，他做那些只是为了让我们觉得他不一样。为什么？他那样做可能仅仅是为了混淆视听，原本他只是想偷那个装有珠宝的手提包，但因为他又犯了谋杀罪，于是他把所有东西都拿走，这样就可以掩盖他的真实目的了。"

"有道理。"蒙塔巴诺应道。

"继续往下说，也许那个窃贼还拿走了其他的一些珍贵的东西，而我们还没有发现。"

"我可以打个电话吗？"警长问道，他突然想到了一个主意。

他拨通了蒙特鲁萨乔利酒店的电话并要求与酒店经理克劳迪奥·皮佐塔通话。

"喂，警长，这简直太残暴、太恐怖了，我刚刚从自由频道的报道里得知可怜的立卡兹太太已经……"

看来尼科洛·齐托已经对这则新闻进行了报道，蒙塔巴诺原本还想看看这位记者会如何报道这个故事，但却忘了打开电视收看。

"维加塔卫视也有相关报道。"酒店经理补充道。尽管他尽可能让自己的语气里充满悲伤，但警长还是发现了隐藏其中的真正的满足感。

维加塔卫视那边的报道是加鲁佐向他妹夫提供的消息。

"警长，我该怎么办才好呢？"经理苦恼地问道。

"您这话是什么意思？"

"我说的是那些记者，他们把酒店围得水泄不通，都说想要采访我，因为他们知道那位可怜的女士之前住在这里……"

如果不是酒店经理自己把这个消息放出去了，记者们怎么可能知道？警长甚至都已经能想象到电话那头的皮佐塔先生之前是如何将记者们召唤过来的。他必定向他们承诺过，从他这里可以得到关于那位年轻漂亮受害者的重大爆料。

"你想怎么干关我什么事。听好了，我问你，立卡兹太太平时会戴她那些珠宝吗？她有没有手表？"

"她当然戴着了，不过她很谨慎。不戴的话她为什么要大老远地把那些东西从博洛尼亚带到这里来呢？至于手表，她经常戴着一块闪亮极薄的伯爵牌腕表。"

蒙塔巴诺表达了谢意，挂断了电话，随后就向克莱门蒂娜太太汇报了他的这些新发现。她听完后思考了一小会儿。

"我们现在必须得搞清楚这个案件的凶手到底是一个贼，不得已才谋杀，还是说凶手本来就是谋杀犯，但他却假装是一个贼。而如果是窃贼的话，听到了屋里的动静，他应该不会盲目出手。"

"你怎么知道窃贼不是在这位女士回家之前就已经潜藏在屋里了呢？她进来的时候，窃贼就躲起来了。当她去洗澡的时候，他觉得动手的时机到了，于是便从藏身的地方出来，准备偷东西，但不幸的是被这位女士当场发现了，于是不得不把她杀了。他可能最初并没有想要杀她。"

"那这个窃贼是怎么进屋的呢？"

"就像那天你自己一个人进去的时候一样，警长先生。"

果然是一语中的，蒙塔巴诺没有接话。

"接下来说说衣服。"克莱门蒂娜太太继续说道，"如果衣服被偷只是为了做给我们看，这是一回事；但如果是谋杀者不得已必须要拿走那些衣服，那又是另外一回事了。那么，他拿走衣服到底是想掩盖什么重要信息呢？"

"衣服对他来说可能是种威胁，会将他暴露。"蒙塔巴诺说。

"说得没错，警长先生。但如果衣服好好地穿在死者身上的话对他就不是威胁了，一定是之后发生了什么事，使得他不得不把衣服都脱下来带走。是什么呢？"

"可能是衣服上留下了什么痕迹。"蒙塔巴诺说道，克莱门蒂娜太太的话并没有完全说服他，"可能是沾上了谋杀者的血迹，不过……"

"不过什么？"

"不过卧室周围并没有发现任何血迹。床单上倒是发现了一些，但那是从立卡兹太太嘴里流出来的。当然了，也有可能是其他痕迹，比如呕吐物。"

"或者说精液。"瓦西里·柯佐太太不好意思地说道。

※

现在回马里内拉还太早了一些，所以蒙塔巴诺决定去趟局里，看看有没有什么新的发现。

"噢，长官，长官！"坎塔雷拉一看到他就叫道，"您在这里呀？已经至少有十个人打电话来了，都说要和您本人谈谈。我不知道您会回来，所以我让他们明天上午再打来。我做得对吗，长官？"

"做得很好，坎塔，不用想那些了。你知道他们打电话过来有什么事吗？"

"他们说的都是关于那位被谋杀的女士的事。"

办公室的桌子上放着一袋纸，用塑料袋装着，那是法齐奥从一一八号房间带回来的，旁边是皮佐塔经理交给加洛的呼入电话留言条。警长坐了下来，从袋子里拿出那本日记浏览起来。米凯拉·立卡兹的日记就像酒店里那个房间一样，一切都记录得井井有条。需要参加的约会、要打的电话、要去的地方，一切都仔细明确地记录在本子里。

帕斯夸诺法医说她的死亡时间在周三晚上到周四凌晨，这一点蒙塔巴诺是赞成的。他翻到了写着周三那天（也就是米凯拉·立卡兹在世的最后一天）计划的那一页：下午四点，罗通多家具店；下午四点半，打电话给埃马努埃莱；下午五点，与园艺师托达罗有约；下午六点，安娜；晚上八点，去瓦萨洛家用晚餐。

她把之后周四、周五和周六的安排也都列好了，可是没料到自己再也没有机会按时赴约了。周四下午，她又和安娜有约，准备一起去洛孔特家纺店挑窗帘，然后去毛里齐奥家用晚餐。周五，她要和电工里古奇奥见面，然后再次和安娜见面，之后去坎杰洛西家吃晚餐。周六的那一页就只写着："下午四点半，从巴勒莫机场飞往博洛尼亚。"

日记本版面很大，电话索引按字母表的顺序依次往后排，每个字母预留了三页的空间，但由于她记录的电话号码太多，所以有时同一行会出现两个不同人的电话号码。

蒙塔巴诺把日记放在一旁，然后把袋子里的其他纸张拿了出来。没什么新鲜的东西，都是些发票和收据，盖房子和装修花的每一分钱都一目了然。在一本方格笔记本中，米凯拉把每一笔花销都整齐地列了出来，仿佛即将去税务局办事一般，准备得格外充分。另外还有一本博洛尼亚人民银行的支票簿，但只剩下存根了。除此之外，蒙塔巴诺还发现了六天前博洛尼亚－罗马－巴勒莫的登机牌以及周六下午四点半巴勒莫－罗马－博洛尼亚的返程机票。

私人信件和便笺当中并没有发现什么线索，他决定回家后再继续把剩下的看完。

5

　　还没有检查过的就只剩下那些来电留言条了，警长先从米凯拉留在宾馆房间桌子小抽屉里的那些看起。这部分留言条总共四十张左右，蒙塔巴诺按来电人的姓名把它们进行了分类，最后他发现，这些来电大部分都是三个人打来的，其他人的来电相对较少。一个是名叫安娜的女人，她总是白天打电话过来，然后留言让米凯拉醒来或回到酒店后立即给她回电；一个是叫毛里齐奥的男人，有两三次是上午打来电话，但多数时候都是在晚上很晚的时候，并且总是坚持要求让她给自己回电话；最后一个也是一位男性，名叫圭多，他的电话是从博洛尼亚打过来的，通常也是在深夜，但和毛里齐奥不同的是，他从来都不留言。

　　酒店经理给加洛的留言条总共二十张，时间都是在周三下午米凯拉离开酒店到他们几个人出现在酒店的这段范围内。周三上午，立卡兹太太还在睡觉的时候，这位毛里齐奥先生十点半给她打了个电话，随后，安娜也打来一个电话。周三晚上九点左右，瓦萨洛太太打电话来找米凯拉，一个小时之后又打了一次。快到半夜十二点的时候，安娜来过电话。

　　周四凌晨三点，圭多从博洛尼亚打电话来了；十点半，安娜又打电话过来了，显然还没有意识到米凯拉彻夜没回酒店；十一点，洛孔特先生打电话来跟她确认下午的约会；周四中午，奥雷利奥·迪·布拉斯先生打电话过来，之后每隔三小时打一次，直到周五傍晚；博洛尼亚的圭多在周五凌晨两点又打电话过来了。而自从周四上午没找到米凯拉之后，安娜就开始疯狂地给她打电话，直到周五傍晚才消停。

蒙塔巴诺总感觉有什么东西不太对劲儿，但又没办法说出准确的原因，这让他很不爽。他起身走向阳台，外边就是海滩，于是他脱了鞋子，开始在沙滩上漫无目的地走着，一直走到了海边。他挽起裤腿，海水时不时涌上来，没过他的脚。海浪声让他的心渐渐平静下来，思路也开始变得清晰。突然，他终于想明白了一直困扰自己的是什么。他回到房间，拿起日记，翻到记录着周三安排的那一页。米凯拉写着她晚上八点要去瓦萨洛家吃饭，那为什么瓦萨洛太太晚上九点和十点还要打电话来酒店找她呢？难道米凯拉那晚没有去她家吃晚餐？又或者是打电话来的瓦萨洛太太和邀请她去吃晚饭的瓦萨洛一家没什么关联？

他看了眼手表，已经过了半夜十二点了，但他认为此事事关重大，也就没办法再在乎什么礼节了。在电话簿里有三个瓦萨洛的名字，他试着拨通了第一个，没想到猜对了。

"很抱歉这么晚打扰您，我是蒙塔巴诺警长。"

"您好，警长。我是欧内斯托·瓦萨洛，本来打算明天上午亲自去您办公室一趟呢。我太太因为那件事受到了严重的惊吓，我得去请个医生过来看看。请问有什么新的消息吗？"

"没有。我有些问题想问问您。"

"警长，您请说。为了那可怜的米凯拉……"

没等他说完，蒙塔巴诺就打断了他的话。

"我看了立卡兹太太的日记，她是打算周三晚上……"

这回是欧内斯托·瓦萨洛打断了他的话。

"她那晚根本就没出现，警长先生。我们等了很久，但她没来，甚至连一个电话也没有。她平时是很守时的，所以我们有点儿担心她，以为她可能是身体有些不舒服，于是就往酒店打了几次电话。我们还试着联系了她的朋友安娜·特罗佩亚诺，但她也不清楚。她说她和米凯拉见面大概是在下午六点，在一起待了差不多半个小时，然后米凯拉就离开了，说是要回酒店换件衣服，然后再来我家吃饭。"

"好的，谢谢您的帮助，但您明天上午还是别来警局了，我的时间已经排满了，不过下午任何时候都可以。晚安。"

善有善报。他在电话簿里找到了奥雷利奥·迪·布拉斯的号码，第一声铃声还没完，电话就被接起来了。

"喂？喂？是你吗？"

一个中年男人的声音，声音里透出紧张和担忧。

"我是蒙塔巴诺警长。"

"哦。"

蒙塔巴诺察觉到了那个男人口气里深深的失望，他那么焦急地等待着谁的电话呢？

"迪·布拉斯先生，我想您应该已经听说了不幸的立卡……"

"我知道了，知道了，我已经在电视上看到新闻了。"

失望似乎已经演变成了明显的恼怒。

"不管怎么说，我想知道的是，为什么从周三中午到周五晚上，您一直不断地给立卡兹太太住的酒店打电话？"

"那有什么奇怪的吗？我是米凯拉的远亲，每次她来维加塔为那房子忙活的时候都会找我帮忙或寻求建议，因为我是个建筑工程师。周四打电话给她是想邀请她一起吃晚餐，但是酒店前台说她那天晚上没回来。酒店的前台认识我，我们是朋友。所以我就有点儿担心了。这个很难理解吗？"

现在，迪·布拉斯先生的话里已经带有嘲讽和攻击性的语气了，警长感觉这个人的神经可能快要崩溃了。

"还行。"

安娜·特罗佩亚诺的电话就不用打了，他已经知道她会说什么了，因为瓦萨洛先生之前已经说过了。他打算把这位特罗佩亚诺女士传唤到警局来问话。到目前为止，有一点是明确的：米凯拉·立卡兹大概是周三晚上七点在某个社交活动中失踪的。虽然她之前跟朋友说自己打算回酒店收拾一下，但她并没有回去。

此时他并不困，于是便拿了本书躺下了，是他非常喜欢的阿根廷作家马可·德涅比的作品。

※

当眼皮开始耷拉下来的时候，他把书合上并把灯关了。就像平时入睡前一样，他想到了利维娅。突然间，他惊坐起来，睡意全无。天哪，把她给忘了。暴风雨的那天晚上过后，他没有再联系过她，那次还是他假装电话信号不好而挂断了电话，估计利维娅根本不相信他的把戏，因为从那以后，她再也没有主动联系过自己。他现在必须赶紧把他们的问题解决掉。

"喂？哪位？"是利维娅睡意朦胧的声音。

"亲爱的，是我，萨尔沃。"

"哎呀，能不能让我好好睡会儿啊？"

咔嗒，她把电话挂了。蒙塔巴诺拿着听筒呆坐了一会儿。

※

第二天早上，蒙塔巴诺拿着米凯拉·立卡兹的那些纸条走进警局时已经八点半了。利维娅挂了他的电话之后，他就开始感到不安，之后就再也没睡着。他已经没必要传唤安娜·特罗佩亚诺了，因为法齐奥告诉他，那个女人八点就在这儿等他了。

"听着，我想知道那位名叫奥雷利奥·迪·布拉斯的维加塔建筑工程师的所有信息。"

"一切的一切？"法齐奥问道。

"一切的一切。"

"我个人认为，一切的一切还包括谣言和闲话。"

"我就是那个意思。"

"那您给我多长时间？"

"拜托，法齐奥，不能超过两个小时。"

法齐奥愤愤不平地瞪了他的上司一眼，连声再见都没说就转身离开了。

※

若是在普通场合，安娜·特罗佩亚诺应该是个很有魅力的女人，她三十岁出头，一头乌黑的头发，皮肤略黑，眼睛大而有神，身材高挑而丰满。但如今遇到这种情况，她微微耸着肩，眼睛哭得红肿，皮肤也已经失去了光泽。

"我可以抽根烟吗？"她问道，随后坐下了。

"你随意。"

她点了根烟，手不住地颤抖着，脸上勉强挤出了一丝微笑。

"一周之前我才戒烟，但从昨晚开始，我已经抽了至少三包了。"

"谢谢你亲自前来，有很多相关信息还需要你提供给我们。"

"这也正是我来这里的原因。"

蒙塔巴诺松了口气，幸好安娜是个坚强的女人，并没有在他面前抽泣或是晕厥。实际上，他在门口看到她的时候，就已经开始注意她了。

"虽然有些问题你可能觉得有点儿奇怪，但不论如何还请你尽量回答。"

"没问题。"

"结婚了吗？"

"谁？"

"你。"

"没有，没离婚，没分居，也没有订婚。我单身。"

"为什么？"

尽管蒙塔巴诺之前提醒过她，但安娜在回答这样私人的问题时还是迟疑了一下。

　　"警长，我觉得我没有时间考虑自己的事。在我大学毕业的前一年，我父亲去世了，心脏病。毕业一年后，我母亲也去世了。我得照顾我的妹妹玛利亚和弟弟朱塞佩，妹妹如今十九岁，已经嫁人了，居住在米兰；弟弟在罗马的一家银行工作，现在也已经二十七岁了。我现在三十一岁，除了以上说的那些原因之外，还有就是没有遇到合适的人。"

　　她的话语中没有任何愤恨和不满，相反，她现在似乎更加平静。看来，警长没有直奔主题是对的，这样可以让她先放松些。蒙塔巴诺觉得最好还是先避开那个话题。

　　"你在维加塔住的是你父母的房子吗？"

　　"是的，那是我父亲买的，是一栋小别墅，就在马里内拉郊区。不过现在我一个人住有点大了。"

　　"是过桥右手边那栋吗？"

　　"没错，就是那栋。"

　　"我每天至少都要经过那里两次，我自己也住在马里内拉。"

　　安娜·特罗佩亚诺稍带困惑地看着他，感觉这个警察有点儿奇怪。

　　"你有工作吗？"

　　"嗯，我在蒙特鲁萨一所科学高中教书。"

　　"你教什么？"

　　"物理。"

蒙塔巴诺用满是钦佩的目光看着她。他上学的时候，物理成绩总是在 D 和 F 之间上下浮动，他想，如果那时能够遇到一个她这样的老师，那他说不定就成为第二个爱因斯坦了。

"你知道是谁杀了她吗？"

安娜·特罗佩亚诺从椅子上跳了起来，眼里满是祈求地看着他，心想，我们刚刚不是相处得挺好吗？为什么突然又开始扮演起警察的角色了？真的是比猎狗还可恶。

她似乎在问他：你就不能不追究下去了吗？

蒙塔巴诺读懂了她眼里的信息，微笑着摊了摊手，好像在说："这是我的工作。"

"不知道。"安娜·特罗佩亚诺用坚定决绝的声音答道。

"有怀疑的对象吗？"

"没有。"

"立卡兹太太通常都是第二天凌晨才回酒店，我想知道……"

"她在我家，我们几乎每天晚上都一起吃晚饭，如果她晚上有约的话，她会完事之后过来。"

"你们都干些什么？"

"你觉得两个女闺蜜之间见了面都会做些什么呢？还不是聊聊天、看看电视、听听音乐，有时什么也不做，只要知道对方在身边就会觉得很开心。"

"她有男性朋友吗？"

"有几个，但事情并不像表面看起来那样。米凯拉是个很正经的人，只是看上去过于随性和悠闲，以至于给很多男人留下了错误的印象。最后那些男人都失望而归。"

"那有没有对她穷追不舍的男人？"

"有。"

"他叫什么名字？"

"这个我不方便告诉你，不久后你就会查到的。"

"所以，简而言之，立卡兹太太没有背叛过她的丈夫。"

"我可没那样说。"

"这话什么意思？"

"就是话本身的意思。"

"你们认识很长时间了吗？"

"不，不算长。"

蒙塔巴诺看着她，站起身，然后朝窗户走了过去。而安娜似乎快要生气了，又点上了一根烟。

"我不太喜欢你在刚刚那段对话中的语气。"警长背对着她说道。

"我也不太喜欢你的语气。"

"我们平复一下好好谈，可以做到吗？"

"好。"

蒙塔巴诺转过身朝她微笑着，安娜也微笑着回应了，但一瞬间便收敛了笑容。随后，她像个小姑娘一样举起一根手指头，她想问警长一个问题。

"如果这不涉及保密问题的话，你可不可以告诉我，她是如何被杀的？"

"电视报道里没说吗？"

"没有，自由频道和维加塔卫视都只字未提，只是说尸体被发现了。"

"本来我是不应该对外透露的，但这次就为你破例一次。她是窒息死亡的。"

"用枕头吗？"

"不是，是将她的脸摁进床垫里憋死的。"

听完这话，安娜的身体开始摇晃起来，就像树梢遇到强风会倾斜一样。警长走出房间，片刻后又回来了，手里拿了一瓶水和一个杯子。安娜猛地喝了好几口，仿佛刚从沙漠中走出来一般。

"但她去那个房子里干什么呀？我的上帝啊！"她问道，不知道是在问警长还是在问自己。

"你去过那栋房子吗？"

"当然去过，基本上都是白天陪她去的。"

"她有没有在那儿住过？"

"没有，据我所知没住过。"

"但浴室里有浴袍，还有毛巾、洗发水……"

"我知道。那些东西是米凯拉特意准备的，因为每次她去房子里忙活的时候，总会弄得满身的灰尘和水泥，所以离开前都会先洗个澡。"

蒙塔巴诺觉得是时候放大招了，但他又有些不忍，因为他不想伤她太深。

"她全身都赤裸着。"

安娜看上去就像刚被高压电击了一样，惊讶得眼珠子都快掉出来了，似乎想要说什么却发不出声音。蒙塔巴诺警长又把她杯子里的水续上了。

"她……她被……强奸了吗？"

"我不知道，法医还没有把结果告诉我。"

"但为什么她没有回酒店而是去了那栋该死的房子里呢？"安娜又一次绝望地问自己。

"杀她的凶手把她的衣服、内衣和鞋子都拿走了。"

安娜难以置信地看着他，仿佛警长刚刚撒了个弥天大谎一般。

"他为什么要这么做呢？"

蒙塔巴诺没有回答，而是继续说道："他把她的手提包以及包里的所有东西也都拿走了。"

"这个还可以理解，米凯拉总是把她的珠宝都装在包里，她有很多珠宝，都是相当贵重的。如果那个将她闷死的人是个窃贼……"

"等等，瓦萨洛先生告诉我，当米凯拉没有到他家吃晚餐时，他担心了，而且还给你打电话了。"

"没错，我那时候以为她在酒店的房间里，因为米凯拉和我分开的时候说过要回酒店换件衣服。"

"对了，她那天穿了什么衣服？"

"一身牛仔——牛仔裤和牛仔夹克，还有休闲鞋。"

"她根本就没回酒店，某个人或某件事情让她改变了想法。她有手机吗？"

"有，她一般都装在包里。"

"所以，可能是在立卡兹太太回酒店的路上有人给她打了电话。也正是因为那个电话，她才去了那栋房子。"

"那可能是个陷阱。"

"谁设的陷阱？肯定不是贼吧，你听说过窃贼在入室抢劫之前还把房主招来的吗？"

"那你发现房子里丢了什么东西吗？"

"可以确定的只有她的伯爵腕表，至于其他的，我不能确定。因为我不清楚房子里是不是还放着其他贵重物品。屋里的一切都很整齐，只有浴室一团糟。"

"一团糟？"

"是的。粉色浴袍被扔在地上，她应该是刚洗完澡。"

"警长，你说的这些我根本不信。"

"你是什么意思？"

"我的意思是，你所说的，米凯拉来到那个屋子里是为了和一个男人私会，迫不及待上了床，还有她脱下浴袍随便乱扔，这两点根本不可信。"

"听上去很有道理，不是吗？"

"其他女人可能会这样，但米凯拉不会。"

"你知道有个叫圭多的男人每个晚上都从博洛尼亚给她打电话吗？"

他只是随口一说，没想到真说到了点子上。安娜·特罗佩亚诺把目光移开了，看上去有些尴尬。

"几分钟之前你还说立卡兹太太是个忠诚的人呢。"他继续说道。

"没错。"

"我看你所谓的忠诚，是她一直坚持着她那不忠的行为吧？"

安娜点了点头，表示承认了。

"你能把他的名字告诉我吗？你看，这样的话也算是帮助我破案，可以节省破案时间，别担心，我早晚都会查出来的。你觉得呢？"

"他叫圭多·塞拉瓦莱，是个古董商。我并不知道他的电话和住址。"

"谢谢，这些已经足够了。她丈夫大概中午的时候会赶到这里，你要见见他吗？"

"我见他？为什么？我都不认识他。"

警长已经没什么要问的了，安娜就自顾自地说着。

"两年半之前，米凯拉嫁给了立卡兹医生，是她想要来西西里度蜜月的，但那时候我们并不认识，是后来她自己一个人回来准备在这里盖房子的时候我们才认识的。一天，我开车去蒙特鲁萨，对面开过来一辆'丽人行'，当时我们都有些心不在焉，差点儿迎面撞上去。我们都把车靠边停下，下车给对方道歉，那时候就有了一种一见如故的感觉。后来，米凯拉来这边忙房子的事情时，总是自己一个人来。"

她说着感觉有些累了，蒙塔巴诺对她深表同情。

"你为我提供了很大的帮助，深表感谢。"

"我可以走了吗？"

"当然。"

他向她伸出手，安娜·特罗佩亚诺用双手握住了。

警长感觉心里有股暖流在涌动。

"谢谢你。"安娜说。

"谢我什么？"

"谢谢你让我有机会聊一聊米凯拉，从来没有其他人……谢谢，我心里现在已经平静多了。"

6

安娜刚走，警长办公室的门就被突然打开，然后砰的一声又关上了，坎塔雷拉风风火火地跑了进来。

"你下次再这样进我办公室的话，我一枪崩了你，你知道我一直是说话算话的。"蒙塔巴诺冷冷地说道。

坎塔雷拉现在还处于兴奋状态，以至于他根本没把警长的话放在心上。

"长官，告诉您哦，我接到了局长办公室打来的电话，还记得我跟您说的计算机培训吗？他们说星期一上午就要开始了，还说让我去参加。我走了，那您这里的电话谁来接哦？"

"我们会想办法的，坎塔。"

"哦，长官，长官！您说过，在您和那位女士谈话的时候我们不能打扰您，我完全按照您说的做了哦。中间有很多人打电话进来，我都写在这张纸上了。"

"把纸给我吧，你可以出去了。"

在一张皱巴巴的纸上写着：来电，维萨罗吉托萨拉瓦利洛斯孔提朋友齐托罗通诺托塔诺菲库奇奥坎加洛西又是博洛尼亚的萨拉瓦利奇波利纳皮尼斯卡卡莫。

蒙塔巴诺忍不住挠了挠头，每次看到坎塔雷拉写的东西时，警长都会很反感，却偏偏还得强迫自己接着看下去，于是，他的头皮似乎更痒了。他耐着性子终于破译了那一长串没带标点满是拼写错误的电话名单：瓦萨洛、圭多·塞拉瓦莱（米凯拉在博洛尼亚的情人）、洛孔特（窗帘布店老板）、他的朋友尼科洛·齐托、罗通多（家具店老板）、托达罗（园艺师）、里古奇奥（电工）、坎杰洛西（曾邀请米凯拉共进晚餐），接着又是塞拉瓦莱。至于后面的三个名字——奇波利纳、皮尼斯和卡卡莫，如果都是本人真实姓名的话，蒙塔巴诺并不认识，打电话过来很可能是因为他们是被害人的朋友或熟人。

"我可以进来吗？"法齐奥探出个脑袋问道。

"进来吧。打探清楚工程师迪·布拉斯的内幕啦？"

"当然啦，要不我到这儿来干什么？"

在如此短的时间内就把消息打探清楚了，法齐奥正等着警长的表扬呢。

"看吧，不到一个小时就做到了。"警长并没有表扬他。

法齐奥无语了。

"您那是在对我表示感谢吗？"

"这是你分内之事，我为什么要感谢你。"

"长官，恕我直言，您今天上午真是太招人嫌弃了。"

"随你怎么说。对了，今天上午怎么没看到奥杰洛警官？"

"他和杰尔马、加鲁佐出去调查水泥厂的事了。"

"什么情况？"

"您不知道吗？昨天，水泥厂大概有三十五个工人被解雇了，今天早上他们就开始闹事，在那儿叫嚣、扔石头，工厂经理慌了就打电话报警了。"

"那为什么是米米·奥杰洛去呢？"

"经理在电话里请他过去帮忙处理。"

"我已经强调过无数次了，我不希望我局里的人掺和到那些事当中。"

"但奥杰洛当时也没办法啊。"

"他应该把电话转给宪兵队啊，那种事不正是他们应该负责的吗？不管遇到什么情况，经理就只会想着找别人帮忙，被赶出去的是那些可怜的工人，难道我们还要去雪上加霜吗？"

"长官，恕我直言啊，您绝对是一位共产主义者，还是个有点儿冲动的共产主义者。"

"法齐奥，别再说什么废话，你给我记住了，我不是什么共产主义者。"

"好吧，但您说的话真的太像了。"

"你是不是不想干下去了？"

"明白了，言归正传。奥雷利奥·迪·布拉斯，贾科莫和玛利亚·安东涅塔·卡伦蒂尼之子，一九三七年四月三日生于维加塔……"

"听你这样说话我有点儿烦，听上去就像个档案室的职员。"

"长官，您不喜欢这种方式？那您希望我怎样？是唱给您听，还是像念诗一样朗诵给您听？"

"今天上午你已经够让我心烦了，你可得想清楚了。"

这时，电话铃响了。

"照这样的速度下去，就是讲到半夜也讲不完。"法齐奥叹了口气。

"喂，长官？之前打电话来的卡卡诺先生又打过来了，要我怎么做？"

"我来跟他说吧。"

"您好，是蒙塔巴诺警长吗？我是吉洛·亚克诺，曾有幸在瓦西里·柯佐太太家里见过您一次，我曾是她的学生。"

通过听筒，蒙塔巴诺听到电话那头有个女声在提醒着飞往罗马的航班即将起飞。

"我还记得你，请问我有什么可以帮你吗？"

"不好意思，我只能简单地说一下，因为我现在在机场，只有几分钟的时间。"

警长就是喜欢说话简单明了的人。

"我打电话来是关于那位被谋杀的女士。"

"你认识她？"

"不认识。我周三晚上开车从蒙特鲁萨去维加塔，大概半夜的时候，汽车发动机出了点儿故障，所以我开得很慢。当我来到三泉区时，一辆'丽人行'从我身边经过并停在了前面不远处的一栋房子前面，我看见一个男人和一个女人从车里下来朝房子走去。因为天色太暗，我并没有看清其他东西，但我前面说的这些我都非常确定。"

"你什么时候回维加塔？"

"下周四。"

"到时候麻烦你来找我一趟，谢谢。"

蒙塔巴诺有种迷迷糊糊的感觉，虽然身体还坐在椅子上，但神思已经飘到别的地方去了。

"接下来干什么？要不我先出去，等会儿再回来？"法齐奥迟疑地问道。

"不用，你接着说。"

"我说到哪儿来着？哦，想起来了，他是位建筑工程师，但并不从事建筑工作。他住在维加塔拉波尔塔路八号，太太名叫特里萨·达利·卡尔蒂洛，是位家庭主妇，但是个很能干的家庭主妇。他在蒙塔鲁萨省拉法达利地区拥有一大片耕地，建有配套的农舍，都是他翻修过的。他有两辆车，一辆梅赛德斯和一辆菲亚特，有两个小孩，一儿一女。女儿名叫曼努埃拉，三十岁，嫁给了一个商人，定居在荷兰，和老公生了两个小孩，大的三岁，名叫朱利亚诺，小的一岁，名叫多梅尼科。他们居住在……"

"我现在就打爆你的头。"蒙塔巴诺忍无可忍地说道。

"为什么？我做错了什么？"法齐奥假装无辜地问道，"您不是说过想知道一切的一切吗？"

电话铃又响了，法齐奥只能无奈地看着天花板。

"警长，我是埃马努埃莱·立卡兹，我现在正在罗马给您打电话。从博洛尼亚飞罗马的航班晚点了两个小时，所以我没赶上罗马飞巴勒莫的飞机，可能要下午三点才能到。"

"没关系，我等着您。"

他和法齐奥面面相觑。

"你还有多少废话要说？"

"已经快要说完了。他有个儿子，名叫毛里齐奥。"

蒙塔巴诺坐直了，竖起耳朵听着。

"他三十一岁，是个大学生。"

"三十一岁的大学生？"

"没错，可能他大脑发育比较迟缓吧。他一直和父母一起生活。我要说的就这些。"

"不对吧，我确定你还没说完，继续呀。"

"呃，其他的都是些谣言……"

"没关系。"

很明显，法齐奥很享受和他的老大玩这个游戏，因为所有的底牌都掌握在自己手里。

"嗯，迪·布拉斯工程师是埃马努埃莱·立卡兹医生的二表兄，米凯拉就像迪·布拉斯家里的一分子一样。毛里齐奥对这位女士格外痴迷，不管立卡兹太太走到哪里，毛里齐奥一定会跟在她屁股后面，就像一条时时跟着主人的狗一样，这就像个笑话一样在镇上传开了。"

所以，安娜不肯说出名字的那个人应该就是毛里齐奥了。

"根据我打听到的，"法齐奥继续说道，"几乎每个人都说他是个很绅士的人，不过有点傻乎乎的。"

"好，我知道了，多谢啊。"

"还有一件事。"法齐奥说,他准备放大招了,"这个人从周三晚上开始就失踪了。"

※

"喂,帕斯夸诺法医吗?我是蒙塔巴诺,你那边有什么新的发现吗?"

"有些发现,我正打算给你打电话呢。"

"把你发现的都告诉我吧。"

"受害者当天没吃晚饭,或者说吃得很少,或许就吃了个三明治。她身材很好,身体也很健康,不喝酒不嗑药。死亡原因是窒息。"

"就这些吗?"

"还没完,根据检查结果,当晚她和别人发生过性关系。"

"她被强奸了吗?"

"应该没有。刚开始是激烈的阴道性交,但没有发现精液残留。后来还发生了肛门性交,同样也没有留下精液痕迹。"

"但你是怎样判断出她没有被强奸的呢?"

"这很简单,在肛门性交的时候用了滋润霜,可能是那位女士留在浴室里的某种润肤霜。你听说过有强奸犯会想着去减轻被强奸对象的痛苦吗?根本不可能,相信我,那位女士完全是自愿的。我要说的就这些,我会尽快把更多的细节汇报给你。"

蒙塔巴诺警长具有过人的图像记忆能力,他闭上眼睛,双手撑着脑袋开始专心回忆起来。过了一会儿,他想起了他在凌乱的浴室架子最右边看到过的一小瓶润肤霜,瓶盖打开了放在瓶子旁边。

※

在拉波尔塔路八号房子对讲门铃的旁边挂着一个名牌，上面写着：奥雷利奥·迪·布拉斯工程师。蒙塔巴诺摁了下门铃，回答的是个女人的声音。

"您是哪位？"

蒙塔巴诺希望能让她稍微放松警惕，毕竟他现在估计已经坐立不安了。

"请问迪·布拉斯先生在家吗？"

"不在，不过他马上就回来了。您是哪位？"

"我是毛里齐奥的朋友，我可以进去说话吗？"

那一刻，他感觉自己简直太卑鄙了，但没办法，谁叫这是他的工作呢。

"您请到楼上来吧。"这个声音说道。

开门的是位六十岁上下的女人，蓬头垢面的，看上去非常伤心。

"您说您是毛里齐奥的朋友？"女人焦急地问道。

"算是吧。"蒙塔巴诺答道，觉得自己比之前更加卑鄙了。

"请进。"

她带他来到一个装饰精美的大客厅，指了指扶手椅，示意他坐下，她自己则坐在一把普通椅子上，来回摇晃着她的上身，沉默而绝望。百叶窗关着，微弱的光线从缝隙间透进来。蒙塔巴诺感觉自己像是在守灵一般，他甚至可以感受到逝者就在身边——虽然他看不见，那个人的名字就是毛里齐奥。咖啡桌上散放着十几张照片，照片里都是相同的脸，但由于房间里光线阴暗，警长看不太清每张照片里具体的表情。警长长吁了一口气，就像一个即将潜入水底的人一样，因为他即将潜入迪·布拉斯太太深深的悲伤之中。

"有您儿子的消息了吗？"

很明显，事情的确就像法齐奥所说的那样，毛里齐奥失踪了。

"没有，所有人都在找他，岸上和海边都去了，我的丈夫、他的朋友……所有人。"

她开始静静地抽泣，一滴滴泪水顺着脸颊滴落在她的裙子上。

"他身上带钱了吗？"

"身上应该有五十万里拉，还带着一张卡，好像叫什么金融卡。"

"我去给您倒杯水吧。"蒙塔巴诺说道，随后站了起来。

"不用麻烦了，我自己来就行。"说着，她起身离开了房间。蒙塔巴诺迅速拿起了一张照片，瞥了一眼，上面是一个脸长长的孩子，脸上没有什么表情，他飞快地将照片塞进了夹克口袋。很明显，这些照片是迪·布拉斯先生为了寻找儿子准备分发出去的。迪·布拉斯太太回来了，但她并没有回来坐下，而是站在了门边，看来她开始怀疑自己了。

"您的年龄应该比我儿子大，您叫什么名字？"

"事实上，毛里齐奥是我弟弟朱塞佩的朋友。"

他随便说了个在西西里再普通不过的名字，免得让她怀疑，但这位太太的思绪显然已经转移到别的地方了。她重新坐下了，又开始来回晃着。

"所以说，从周三晚上之后您就没再收到他的消息？"

"是的，他那天晚上没有回家，那还是第一次。他是个善良单纯的孩子，就算有人告诉他猪会飞，他也一定会相信的。第二天凌晨，我丈夫开始担心了，于是就开始打电话四处打探。有一个朋友说曾看见他往意大利酒吧方向走了，那时差不多是晚上九点。"

"他有手机吗？"

"有。不过，您到底是谁？"

"呃，"警长说，"我想我差不多得走了。"

他快步走向房门，打开后转过身。

"米凯拉最后一次来这里是什么时候？"

迪·布拉斯太太的脸被气得通红。

"别跟我提那个荡妇的名字。"

警长刚出来，门就砰的一声关上了。

※

意大利酒吧刚好就在警局隔壁，局里的每个人——当然也包括蒙塔巴诺——都是酒吧的常客。酒吧老板正坐在收银台旁边，他块头有点大，长着一双凶神恶煞的眼睛，但天生是个热心肠。他的名字叫杰尔索米诺·帕蒂。

"您想喝点儿什么，警长？"

"不用了，杰尔索，我是来跟你打听点儿消息的。你认识毛里齐奥·迪·布拉斯吗？"

"找到他了吗？"

“还没有。”

“他那可怜的爸爸已经来过我这儿不下十次了，每次都问我有没有他的消息。我们怎么可能有什么新的消息呀？他要是回来了肯定会先回家啊，怎么可能不回家反而跑到这里来喝酒呢？”

“可是，帕斯夸里·科尔索……”

“警长先生，这些话那位父亲已经说过了，他说毛里齐奥那天晚上九点多来过酒吧。但事实是，他在酒吧门口的街上停下了，我在收银台这儿看得一清二楚。他本来是要进来的，但后来停住了，拿出手机开始打电话，没过一会儿就离开了。所以，周三晚上他并没有进酒吧，这一点我敢保证。我有什么理由撒谎呢？”

“谢了，杰尔索，再见。”

※

“长官，拉特博士从蒙特鲁萨打来电话。”

“是拉特斯，坎塔，后面少了个‘斯’。”

“长官，多个‘斯’少个‘斯’又没有什么区别好不啦。他让您立即给他回电话。后来，吉托·萨拉·瓦利打电话来了，留下了他在博洛尼亚的电话号码，我记在了这张纸上。”

已经到饭点了，但他必须先处理一下这个电话。

“喂，您好。哪位？”

“我是蒙塔巴诺警长，从维加塔给你打电话。请问你是圭多·塞拉瓦莱先生吗？”

“是的，警长。今天打了一上午电话都没找到您，我打电话到乔利酒店找米凯拉，才发现她……”

声音听上去温暖而成熟，就像是一个歌手的声音。

"你是她的亲戚？"

他发现，在案件调查过程中，最好的策略就是假装不清楚不同涉案人员之间的关系，这招往往很好使。

"不，实际上，我，我是……"

"她的朋友？"

"对，朋友。"

"什么程度了？"

"不好意思，我不明白您的意思。"

"我是想问你是她什么朋友。"

圭多·塞拉瓦莱一时不知道该如何回答，蒙塔巴诺干脆帮他回答了。

"很亲密的朋友？"

"呃，对。"

"那，你需要我干什么？"

他更加迟疑了，看警长的态度显然是想尽快打发他。

"呃，我只是想告诉您，如果有需要尽管找我。我在博洛尼亚开了家古董店，可以随时关门。如果需要我做什么，我会立即坐飞机赶到您那儿去。我想……呃，我和米凯拉的关系相当要好。"

"我明白了，如果有需要的话，会有人给你打电话的。"

他迅速挂断了电话，他最讨厌那些毫无意义的电话，圭多·塞拉瓦莱还能提供什么新的线索给他吗？

※

　　蒙塔巴诺走着出门，准备去圣卡罗杰诺餐厅吃午饭，那家店的鱼味道格外鲜美。突然，他停了下来，嘴里骂了句。他忘了，那家餐厅因为厨房装修已经关门六天了。于是，他转身回到警局，坐进车里，往马里内拉方向开去。刚过桥，他就看到了安娜的房子，被一股莫名的冲动驱使着，他靠边把车停下，从车里走了出来。

　　那是一栋两层的小楼房，周围是个小花园，整栋房子维护得很好。他朝大门走去，摁了下对讲门铃的按钮。

　　"您是哪位？"

　　"我是蒙塔巴诺警长，没打扰到你吧？"

　　"没有没有，请进。"

　　大门打开了，同时，房子的前门也打开了。安娜已经把上午的衣服换了，肤色也恢复正常了。

　　"你知道吗，警长先生？我就知道今天还会再见到你。"

7

"吃过午餐了吗？"

"没有，我没什么胃口，尤其是现在自己一个人……米凯拉以前几乎每天都会来这里吃饭，她很少在酒店吃午饭。"

"我有个想法。"

"先进来再说吧。"

"想上我那儿坐坐吗？很近的，一会儿就到了。"

"你太太可能不喜欢陌生人……"

"那屋子就我一个人住。"

安娜没有多想就答应了。

"那你先去车里等一下。"

车静静地往前开着，蒙塔巴诺在想自己怎么就莫名其妙地邀请她了，安娜心里也在纳闷自己怎么就稀里糊涂地接受了他的邀请。

每周六，保姆阿德莉娜会定期来把房子上上下下打扫一遍，看到屋里如此整洁干净，蒙塔巴诺心里松了口气。记得有个周六，蒙塔巴诺邀请了一对夫妻到家里做客，那时，阿德莉娜还没过来打扫，屋子里堆了一堆没洗的袜子和内裤，到最后，还是朋友的妻子都忙清理掉了。

安娜好像之前就来过这栋房子一样，一进来就直接走向了阳台，坐在长椅上，望着不远处的大海。蒙塔巴诺把一张折叠式小桌放在她面前，并在上面放了个烟灰缸，随后朝厨房走去。阿德莉娜给他做了很多黑线鳕鱼片，冰箱里是调味用的鳗鱼酱和白醋。

　　他回到阳台，安娜正在抽烟，看上去已经比之前放松很多了。

　　"这儿真美啊。"

　　"嗯，想尝尝烤鳕鱼片吗？"

　　"警长先生，我是真的没什么胃口。要不这样吧，你吃着，给我拿杯酒就好。"

※

　　半个小时后，警长已经把三份黑线鳕鱼片吃光了，安娜也已经喝了两杯酒。

　　"这酒真棒。"安娜说完又把杯子倒满了。

　　"这是我父亲酿的，呃，那都是很久以前的事了。要来点儿咖啡吗？"

　　"好啊。"

　　警长打开了一罐尧科诺咖啡，同时把水放在煤气灶上烧着，自己又回到了阳台。

　　"还是把这个瓶子拿走吧，不然这些酒都得被我喝光了。"安娜说。

　　蒙塔巴诺照她说的做了。过了一会儿，咖啡准备好了，他给安娜倒了一杯，她小口小口地抿着。

　　"这咖啡真好喝，很醇，在哪儿买的？"

"不是买的，一位朋友时不时会从波多黎各给我寄一罐。"

安娜把杯子放下后，点上了她今天的第二十根烟。

"你想跟我说什么？"

"案子有了些新进展。"

"什么进展？"

"毛里齐奥·迪·布拉斯。"

"对吧，今天上午我没把他的名字告诉你，因为我知道你用不了多久就会知道。他已经成为整个镇的笑话了。"

"他真的被她迷住了吗？"

"比这还要严重，他对米凯拉可以说已经到了痴迷的程度。我不知道你听说了没有，毛里齐奥的脑子不太好，智商基本就介于正常人和智障之间。曾经发生过这样两件事……"

"说来听听。"

"有一次，我和米凯拉去一家餐厅吃饭。过了一会儿，毛里齐奥也来了，他跟我们打了个招呼便在我们旁边的那张桌子那儿坐下了。整个过程中，他吃得很少，一直盯着米凯拉看。然后突然，他竟然开始流口水，是真的在流口水，绝对不是夸张的说法，一直就挂在嘴巴旁边，我都快要吐了，于是不得不离开了。"

"那另一件事呢？"

"那次是我去那栋房子里给米凯拉帮忙。忙活了一天之后，她去洗了个澡，完了没穿衣服就下楼到客厅来了。那时候天气很热，她在家的时候喜欢把衣服都脱了。随后她就坐在扶手椅上跟我聊天。突然，我听到外面传来了一种类似呻吟的声音，转过身一看，发现毛里齐奥的脸贴在玻璃上。我还没说话，他就往后退了几步，弯了下腰，那时我才意识到，原来他是在手淫。"

她停顿了一会儿，眼睛看着大海，微微叹了口气。

"也是个可怜的孩子。"她低声说道。

那一瞬间，蒙塔巴诺被感动了，被她那惊人的、女性独有的深刻理解力、情感感知能力，以及作为一个母亲、爱人和女儿的细腻感动了。于是，他把自己的手放在了安娜的手背上，安娜也并没有拒绝。

"你知道他已经失踪了吗？"

"知道，和米凯拉遇害是同一个晚上。但是……"

"但是什么？"

"警长先生，我能坦白说吗？"

"当然可以呀，我们之前不一直都挺坦诚的吗？但麻烦你还是叫我萨尔沃吧。"

"那你就叫我安娜。"

"好。"

"如果你认为是毛里齐奥杀害了米凯拉，那就错了。"

"给我个理由。"

"这事没什么理由。你知道吗，人们总归是不愿意和警察谈话的，但如果你展开一次民意调查的话，我相信所有的维加塔人都会告诉你，毛里齐奥不是凶手。"

"安娜，还有一个新发现没告诉你。"

安娜闭上了眼睛，直觉告诉她，警长即将告诉她的应该是难以启齿也难以入耳的消息。

他把法医检查的结果一字不落地告诉了她，没去看她脸上的表情，而是一直盯着远方的大海。

安娜在听这些话的时候，一直将脸埋在双手里，胳膊肘抵在小桌上。警长说完之后，她站了起来，脸色苍白如鬼魅一般。

"我想去趟洗手间。"

"我带你过去。"

"我自己可以找到。"

过了一会儿，蒙塔巴诺听到了她呕吐的声音。他看了眼手表，离埃马努埃莱·立卡兹约定的时间还有一个小时，看来不管怎么样，这位从博洛尼亚来的整形医生都得等着了。

安娜终于回来了，坐在了蒙塔巴诺旁边。

"萨尔沃，那位法医说的'自愿'是什么意思？"

"就像我们一样，是出于自己的意愿去做一件事情。"

"但有些时候，所谓的自愿只不过是没有机会反抗而已。"

"我明白你的意思。"

"那我问你，有没有可能是凶手强迫米凯拉那样做的？"

"但那些具体的细节都……"

"先抛开那些细节。首先，我们都不知道和凶手发生关系的到底是活人还是一具尸体。不管怎么说，凶手完全可以把房子里的一切按照他计划好的布置一遍，警察也可能因此被他牵着鼻子走。"

这段谈话就像是两个认识很久的老熟人之间的对话，而他们都没有意识到这一点。

"有些东西你是想到了的，只是没说出来。"安娜说。

"不，如果有想法的话我就说了。"蒙塔巴诺说道，"但就目前来看，所有线索都指向毛里齐奥。他失踪之前到过的最后一个地方是意大利酒吧门口，那是周三晚上九点，当时他正在用手机跟别人打电话。"

"是我在和他通话。"安娜答道。

警长噌地一下从长椅上站了起来。

"他打电话给你干什么？"

"他跟我打听米凯拉的情况。我告诉他我们七点多就分开了，然后她会回酒店一趟，之后再去瓦萨洛家吃晚餐。"

"那他说什么了？"

"他连一声再见都没说就把电话给挂了。"

"这又是指向他的一个疑点。接下来，他一定打电话去了瓦萨洛家，发现她还没去，于是猜到了她可能在的地方，然后跟踪了她。"

"你是说那栋房子。"

"不是，他们是在深夜才到的那里。"

这回是安娜噌地一下站了起来。

"一个目击者告诉我的。"蒙塔巴诺继续道。

"他认出来是毛里齐奥了吗？"

"夜里太黑，他只看到一男一女从一辆'丽人行'上下来，然后朝房子走去。进去之后，毛里齐奥和米凯拉就开始做爱，后来，毛里齐奥，也就是你所说的神志不太清楚的那位，把米凯拉给杀害了。"

"米凯拉绝对不可能……"

"你那位朋友对于毛里齐奥的疯狂追求作何反应呢？"

"她很困扰，有时候她甚至觉得很对不起……"

在意识到蒙塔巴诺的言外之意之后，安娜住嘴了。她的脸色瞬间黯淡下来，眉头深锁，脸上的细纹一下就显现出来了。

"但是，还有一些事情说不通。"蒙塔巴诺看到安娜难过的样子，心里也不自觉地难受起来，于是试图缓解一下她心里的悲伤情绪，"例如，在杀害米凯拉之后，毛里齐奥会那么冷静地想到要把死者的衣服和包都偷走，以此来切断警方的线索吗？"

"你是说真的吗？"

"现在真正的问题并不是要找到谋杀的具体细节，而是要搞清楚从米凯拉和你分开之后到目击者看到她之前的这段时间内，她都去了哪里，又做了些什么。这中间差不多有五个小时，算是相当长了。我们现在得走了，因为埃马努埃莱·立卡兹医生马上就要到了。"

他们上车后，蒙塔巴诺又不死心地补充了几句。

"至于你之前说的公众民意调查，不见得所有人都会认为毛里齐奥是无辜的吧，至少有一个人很明显是持怀疑态度的。"

"谁？"

"他的父亲，迪·布拉斯工程师，若不是怀疑他的儿子，他应该会打电话报警，让警方去寻找他的儿子。"

"你从不同的角度去考虑问题是理所应当的。哦，对了，我刚想到一件事，毛里齐奥打电话跟我询问米凯拉的时候，我让他直接给米凯拉打电话，他说他已经试过了，但她的手机关机了。"

※

在警局门口，他正好碰到了往外走的加鲁佐。

"我们的英雄回来了？"

"嗯。"加鲁佐紧张地答道，法齐奥已经把警长上午发火的事告诉他了。

"奥杰洛警官在他办公室吗？"

"不在，长官。"

加鲁佐的紧张情绪更加明显了。

"他又去哪儿了？去镇压其他罢工者去了？"

"他在医院。"

"嗯？他怎么了？"蒙塔巴诺有些担心地问道。

"头被石头砸了，医生给他缝了三针，还让他留院观察一会儿。他们让我晚上八点再回医院，如果没什么问题的话，我就可以把他送回家了。"

警长一连串的咒骂声最后被坎塔雷拉打断了。

"长官，长官！首先，那个带'斯'的拉特斯博士打了两次电话，他让您本人直接给他回电话。然后还有其他三个电话，我写在这个小纸条上了。"

"拿回去擦屁股吧。"

※

埃马努埃莱·立卡兹医生是个小个子男人，六十岁上下，戴着一副金边眼镜，穿着一身灰色的西装。看上去就像刚刚费心拾掇了一番，让人无可挑剔。

"您是怎么过来的？"

"您是说从机场到警局？我租了辆车，开了差不多三个小时。"

"已经去过要休息的酒店了吗？"

"还没有，我的行李都在车上，打算等这边完事了再过去。"

他是怎么保养的？脸上几乎没什么皱纹。

"那我们现在就去案发现场吧？具体的在车里谈，这样也可以节省您的时间。"

"看您方便，警长。"

他们一起坐进了医生租来的车里。

"是她的某个情人杀了她吗？"

这位埃马努埃莱·立卡兹并没有兜圈子，一上来就直奔主题。

"这个我们还不能确定，但有件事是可以肯定的，她在被杀的那晚发生过两次性关系。"

这位医生并没有感到惊讶，一路镇静地开着车，就好像被杀害的并不是他的妻子。

"您为什么认为她在这里有情人呢？"

"因为她在博洛尼亚就有一个。"

"哦，是吗？"

"嗯，米凯拉把他的名字都告诉我了，我记得是叫塞拉瓦莱，一个古董收藏家。"

"这倒是挺有意思的。"

"她会把所有事情都告诉我，她很信任我。"

"那您也会把所有事情都告诉您的太太吗？"

"当然。"

"那您二位的婚姻真可以算得上是模范婚姻了。"警长讽刺地评论道。

蒙塔巴诺有时候不得不承认自己确实落伍了，他是个传统主义者，没办法接受他们那种新兴的生活方式。在他看来，"开放式关系"说白了就是夫妻双方都不反对另一方与别人发生不正当关系，而且不管他们做的事情能不能上得了台面都可以明确地告诉对方。

"并不是什么模范婚姻。"这位时刻冷静的立卡兹医生纠正道，"我们的婚姻只不过是出于方便的形式婚姻而已。"

"是为了方便米凯拉还是方便您自己呢？"

"为了方便我们两个人。"

"能解释一下吗？"

"当然。"

他把车往右拐去。

"您要去哪儿？"蒙塔巴诺问道，"这条路并不是去三泉区的。"

"不好意思。"医生说道，然后开始努力地掉转车头，"我结完婚之后，已经有一年多没来过这里了，房子的装修也都是由米凯拉一个人负责，我只是看过照片。哦，对了，说到照片我才想起来，我的行李箱里有一些米凯拉的照片，我想对你们办案应该会有用。"

"知道吗，受害者都不见得一定是您的太太。"

"您说的是真的？"

"嗯，因为没有人正式确认过她的尸体，而那些见过尸体的人并不认识她。我们谈完之后，我会去找法医确认身份。您计划在这里待多长时间？"

"最多两三天，我想把米凯拉带回博洛尼亚。"

"立卡兹医生，我想问您一个问题，并且保证只问您这一遍。周三晚上您在哪儿，在做什么？"

"周三吗？我在医院，那天做手术做到很晚。"

"接着说说您的婚姻吧。"

"好吧。我和米凯拉是在三年前认识的，她的哥哥——现在已经定居纽约了——那时候脚上有严重的开放性骨折，她就把他带到我的医院治疗。我第一次见她的时候就喜欢上她了，她长得很漂亮，但最吸引我的还是她的性格，任何事情总是会往好的那方面想。她还不到十五岁就父母双亡，从那以后就由她那一直对她心怀不轨的叔叔抚养长大。长话短说吧，为了摆脱她那变态的叔叔，她首先急需找到一个住处。有那么几年，她当了一个实业家的情妇，但最后，那人给了她一笔钱后抛弃了她。凭借那笔钱，她勉强撑了一阵。其实，以她的条件，完全可以找到一个自己想要的男人，但她并不想当一个情妇。"

"您是不是也让她做您的情妇，而她拒绝了？"

这位严肃的立卡兹先生脸上终于浮现出了一丝笑容。

"您完全猜错了，警长先生。哦，对了，米凯拉跟我说她在这边买了一辆深绿色的'丽人行'，您知道车现在在哪儿吗？"

"那辆车出了点儿交通事故。"

"我就知道米凯拉不太会开车。"

"这件事完全不是您太太的错，那辆车好好地停在房子前面的车道上，是有人不小心把车给撞了。"

"您是怎么知道的？"

"因为车是我们撞的，但那时候我们还不知道您太太已经……"

"这也太稀奇了。"

"故事的原委以后再详细跟您说，不管怎样，正是因为这起事故才让我们进一步发现了屋子里的尸体。"

"您觉得我可以把车取回来吗？"

"当然可以。"

"我可以卖给维加塔做二手车生意的人，您觉得呢？"

蒙塔巴诺并没有回答他，因为自己根本就不在乎他怎样处理那辆车。

"前面右手边的房子就是了吧？看起来和照片里的一样。"

"没错，就是那栋。"

立卡兹先生把车停在那段车道前面，从车里出来，然后站在那儿看着那栋房子，就像前来游玩的游客好奇地打量着某个景点一样。

"真不错。我们来这儿是要干什么呢？"

"实话跟您说吧，我也不知道。"蒙塔巴诺没好气地回答道。这位立卡兹医生总有办法让他心烦意乱，于是警长决定让他吃惊一下。

"您听说了吗，有人认为是毛里齐奥·迪·布拉斯，也就是您那位工程师表兄的儿子，杀了您的太太。"

"真的吗？我不认识他。我两年半前来到这里的时候，他还在巴勒莫上学。我只是听说他好像脑子不太好。"

他们已经来到门口。

"我们现在进去吧？"

"等等，我差点儿忘了。"

于是，他把后备厢打开，取出行李箱，最后从箱子里拿出了一个大信封。

"这些是米凯拉的照片。"

蒙塔巴诺随手装进了衣服口袋里，与此同时，他看见医生从口袋里拿出了一串钥匙。

"这些都是这栋房子的钥匙吗？"

"嗯，没错。在博洛尼亚家里，我知道米凯拉把这些东西放在什么地方，这些都是备用钥匙。"

警长想，现在我要开始试探一下这个家伙了。

"您还没告诉我，您的婚姻是怎样方便自己和米凯拉的呢？"

"呃，说它方便了米凯拉是因为虽然她的丈夫比她大三十多岁，但她终究是嫁给了一个有钱人；说它方便了我是因为这场婚姻很好地破除了关于我的一些谣言,那时候,我的事业正处在关键期,人们开始谣传我是个同性恋,因为十多年来都没有看到我和异性交往,这对我造成了很大的困扰,而这段婚姻刚好为我解围了。"

"那您是真的不和异性交往吗?"

"为什么我要和异性交往呢,警长先生?我五十岁的时候就已经阳痿了,再也恢复不了了。"

8

"真不错！"立卡兹医生环顾了一下楼下的客厅，再次说道。

除了这个词儿，他就没有别的可说了吗？

"这里是厨房。"警长说道，"您可以在里边吃饭。"他补充道。

意识到自己说了什么之后，他简直对自己无语了。怎么就随口说出了那句"可以在里边吃饭"呢？这样听上去，他完全就像一个房屋中介在向自己潜在的客户介绍房子，想想都丢人。

"隔壁那个是浴室，你自己过去看看吧。"他毫不客气地说道。

立卡兹并没有注意到——或者是假装没有注意到——他说话的口气。他把浴室的门打开，伸头进去简单地看了一眼就把门关上了。

"真不错！"

蒙塔巴诺发现自己的手有点儿抖，他甚至把明天的报纸标题都想好了：警长突然暴怒，把受害者的丈夫暴打一顿。

"楼上有一间小客房、一个大浴室和一间主卧，你上去看看。"

立卡兹先生照做了。蒙塔巴诺仍然待在楼下的客厅里，点了根烟，然后从口袋里把米凯拉的照片拿了出来。她长得可真美，照片里的她笑靥如花，并不像那天看到的那样，整张脸因为痛苦和恐惧都变得扭曲了。

一根烟都抽完了，他才意识到立卡兹医生还在楼上没下来。

"立卡兹医生？"

没有人回答。他快步走上楼梯，发现医生正站在卧室的一角，脸埋在掌心里，肩膀抽动着。看上去应该是在抽泣。

警长感到困惑不已，他从未想过立卡兹医生会是这样的反应。蒙塔巴诺走到他身边，将一只手放在他的背上表示安慰。

"振作一点。"

立卡兹医生像个孩子一般摆脱了他的触碰，接着哭，脸依然埋在掌心里。

"可怜的米凯拉！我可怜的米凯拉！"

这一切并不是装出来的，他的眼泪和他那充满悲伤的声音分明都是真的。

蒙塔巴诺紧紧地抓住了他的胳膊。

"我们到楼下去。"

立卡兹医生任由蒙塔巴诺领着往外走去，再也没去看那张床，以及那张被扯碎的、沾着血的床单。作为一名医生，他知道米凯拉在生命的最后一刻感受到了怎样的痛苦。但就算立卡兹是个医生，蒙塔巴诺作为一名警察，看到他流泪的时候立刻就知道他那假装出来的漠不关心在那一刻完全土崩瓦解了；他平时总是习惯性地穿上超然物外的盔甲，也许只不过是为了掩饰自己性无能的丑陋事实，而此刻，那盔甲也被彻底粉碎了。

"抱歉。"立卡兹说道，随即坐到了椅子上，"我没想到……

那样死去真的是太可怕了。凶手是把她的脸摁进床垫里，让她窒息死亡的，对吗？"

"对。"

"我很喜欢米凯拉，非常喜欢。她就像我的女儿一样。"

说着说着，眼泪又不自觉地流了下来，尽管他不断地用手帕擦着，但还是止不住。

"为什么她要在这里建一栋房子？为什么不是别的地方？"警长问道。

"在她还不太了解西西里的时候就已经被这里的神秘吸引了。后来我们来这儿度蜜月，她一下就爱上了这里，我想她是想在这里给自己建一处庇护所。看见那个展示柜了吗？里边都是她从博洛尼亚带过来的小物件儿，由此可见，她是真心想在这里生活的，您觉得呢？"

"您想检查一下吗？看看有没有丢失什么东西。"

立卡兹医生起身走到了展示柜旁边。

"我可以打开吗？"

"当然可以。"

他盯着柜子看了很长时间，然后伸手拿出了那个古老的小提琴盒，把盒子打开，向警长展示了一下里面的乐器。然后把盒子关上，重新放回原位，关上了柜子门。

"粗略地看了看，好像没丢什么东西。"

"您太太会拉小提琴？"

"不，她不会任何乐器，那把小提琴是她远在克雷莫纳的曾祖父亲手做的。警长先生，如果您现在方便的话，能把之前发生的一切都告诉我吗？"

蒙塔巴诺把所有相关的事情都告诉他了，包括周四早晨发生的撞车事故，还有帕斯夸诺法医报告给他的最新发现。

听完警长的话，立卡兹沉默了一小会儿，然后只说了六个字：遗传指纹鉴定。

"我听不太懂你们这些科学术语。"

"不好意思，我指的是她的衣服和鞋子都不见了。"

"或许那只是为了混淆视听。"

"也许吧，但也有可能是凶手别无选择必须把那些东西扔掉。"

"因为他在那上边留下痕迹了吗？"蒙塔巴诺想到了之前克莱门蒂娜太太的分析。

"法医说并没有发现精液的痕迹，对吗？"

"是的。"

"那就更加表明我的假设是对的，凶手把现场处理得很干净，根本没找到能够用于 DNA 检测，也就是我说的遗传指纹鉴定，的痕迹。真正的指纹是可以抹去的，但现场竟然连精液和毛发都没有发现，可见凶手清理得很干净。"

"确实是。"警长附和道。

"不好意思，如果您没有其他事情的话，我想先离开这儿，我感觉有点累了。"

立卡兹医生用钥匙把前门锁上了，蒙塔巴诺把门上的封条重新贴上，然后一同离开了。

"可以借用一下您的手机吗？"

立卡兹医生把手机递给他，警长拨通了帕斯夸诺法医的电话，他们商量好明天上午十点进行尸体辨认。

"您也一起过去吗？"

"我是应该过去的，但之前和别人约好有点事需要处理，明天不在维加塔，所以我就不过去了。我会派个人过去，他会把您带到那儿。"

他在郊区的第一栋房子那儿下车了，还需要走一段路才能到警局。

※

"长官，长官！那个带'斯'的拉特斯博士打了三个电话，一次比一次不爽，您本人还是赶紧给他回电话吧。"

"喂，您好，拉特斯博士？我是蒙塔巴诺。"

"谢天谢地，你总算是回电话了。请马上来一次蒙特鲁萨，局长有事和你谈。"

说完电话就挂了，看来是有什么紧急的事情，因为这位号称"拿铁咖啡"的拉特斯博士竟然省去了那些寒暄的客套话。

就在他准备发动汽车时，他看到加鲁佐开了辆警车停了下来。

"奥杰洛警官有消息了？"

"是的，医院打电话来说他可以出院了，我已经去医院接上他送他回家了。"

让那长官先见鬼去吧，蒙塔巴诺先去了趟米米家。

"感觉怎么样了？给资本家当护卫还挺勇猛的嘛。"

"感觉脑袋快要炸了。"

"这是给你的一个教训。"

米米·奥杰洛坐在手扶椅上，头上缠着绷带，脸色苍白。

"我以前也被一个家伙用棒子狠狠地打过脑袋，去医院缝了七针，我那时的状况可比你好多了。"

"我猜你是觉得你那棒子挨得值吧，虽然痛，但也蛮有成就感，对吗？"

"米米，当你下定决心去做一件事情的时候，还真是不长脑子啊。"

"你还不是一样，萨尔沃。我刚刚还想着打电话给你呢，我这个情况，明天肯定没办法开车了。"

"那我们改天再去你姐姐家吧。"

"不行，萨尔沃，你得去，我姐姐坚持要见你。"

"你知道她为什么急着要见我吗？"

"不太清楚。"

"听着，明天我去见你姐姐，但我需要你明天上午九点半去乔利酒店接立卡兹医生，他今天刚到。明天，你把他带到停尸房去确认死者身份。明白了吗？"

※

"老朋友，最近还好吗？嗯，看上去情绪有点儿低落呀，振作一点。'鼓起勇气来！'这是我们在天主教公教进行会中经常喊的口号。"

这位拉特斯博士又开始跟他不断地寒暄了，蒙塔巴诺开始感到有点儿不自在了。

"我现在就去报告长官。"

他出去了，然后又回来了。

"局长这会儿没空，你跟我来，我们先去等候室。要来点儿咖啡或其他饮料吗？"

"不用了，谢谢。"

拉特斯博士亲切地冲他微笑了一下，然后离开了。蒙塔巴诺感觉长官一定是在报复他，看来这是要慢慢折磨他了。

等候室的小桌子上放着一本天主教杂志《天主教家庭》和一份《罗马观察家报》。听到拉特斯博士回到了局长办公室的时候，蒙塔巴诺拿起那份杂志，开始看苏珊娜·塔玛洛写的一篇文章。

"警长，警长，醒醒！"

有人在晃他的肩膀，他一睁眼便看到了一个穿着制服的警察。

"局长正在等您呢。"

我的天，自己竟然睡着了。他看了眼手表，现在已经八点了，这混蛋竟然让他等了两个小时。

"晚上好啊，局长。"

这位高高在上的卢卡·博内蒂·阿德里奇局长既没有热情地回应他，也没有说"走开"或者"滚"，只是继续盯着电脑屏幕，头都没抬一下。蒙塔巴诺开始打量他那上司的发型，头顶一大撮头发往脑袋后部微微卷着，像是丢弃在田野里的粪便，看上去和波斯尼亚那位进行大屠杀的精神病医生的头巾一模一样。

"他的名字叫什么来着？"

他还没意识到，这句话就已经脱口而出了。看来自己还没从刚才的瞌睡中清醒过来。

"谁的名字？"局长问道，终于抬头看了下他。

"没事。"蒙塔巴诺说道。

他继续看着蒙塔巴诺，脸上带着蔑视还有一丝怜悯，在局长看来，这压根儿就是老年痴呆症的迹象。

"坦白告诉你吧，蒙塔巴诺，我对你的印象非常不好。"

"我对您也一样。"警长直截了当地答道。

"很好，这样的话，我们就没必要拐弯抹角了，我叫你来是想告诉你，立卡兹太太的谋杀案不用你负责了，我已经决定把它交由快速特警队的队长潘扎西全权负责，相信在他的带领下，案件很快就能侦破。"

欧内斯托·潘扎西是博内蒂·阿德里奇的忠实追随者，正是他把潘扎西带到蒙塔鲁萨来的。

"我能问问为什么吗？虽然我根本就不在乎。"

"就因为你那愚蠢的行为给阿克法医造成了一系列的麻烦。"

"他把那些都写进报告里了吗？"

"不，他并没写进报告里，因为他大度，不想毁了你的事业，但他已经悔悟并把整件事情都跟我说清楚了。"

"呵，悔悟得还真及时啊。"警长讽刺道。

"怎么，你有什么意见吗？"

"算了。"

于是，蒙塔巴诺连句再见也没说就转身走了。

"我真的要采取纪律处分措施了。"博内蒂·阿德里奇朝蒙塔巴诺大喊道。

※

取证实验室在这栋楼的负一层。

"阿克法医在吗？"

"他在办公室。"

蒙塔巴诺直接破门而入。

"你好啊，阿克。我正要去局长办公室，说是他有事要见我。我想着顺路来你这儿看看有没有什么新的发现。"

万尼·阿克一脸尴尬的表情，但因为蒙塔巴诺并没有说他已经去见过局长了，所以他打算假装对蒙塔巴诺已经不负责这件案子的事毫不知情。

"凶手非常仔细地处理过现场，虽然我们发现了很多指纹，但和谋杀案并没有什么关系。"

"为什么？"

"因为那些指纹全是警长你留下的，你真的太大意了。"

"是吗，阿克？要知道，出卖别人也是一种罪，出来混，迟早都是要还的。"

※

"嘿，长官。卡卡诺先生又打电话来了，说有重要的事要说，我把他的号码写在这张纸上了。"

看到那张小纸片，蒙塔巴诺又开始浑身痒了，因为坎塔雷拉写的那些数字完全无法辨认，三像五、五像六……

"喂，坎塔，你这写的到底都是些什么呀？"

"长官，这是卡卡诺的电话号码呀，要不然还能是什么？"

蒙塔巴诺只能慢慢试了，前三次分别把电话打到了一个酒吧、一个叫亚克佩蒂的家里，以及一个叫巴尔扎尼的医生那里，第四次终于试对了。

"喂，您好？请问您是哪位？我是蒙塔巴诺警长。"

"啊，警长，您终于给我回电话了。我正要出门呢。"

"你找我有事？"

"我突然想到了一个细节，不知道对您有没有用。我看到和那个女人一块儿从那辆'丽人行'下来并走向房子的那个男人手里提着一个行李箱。"

"你确定吗？"

"非常确定。"

"是一个小旅行袋吗？"

"不是的，警长，很大。但是……"

"但是什么？"

"我感觉那男人提着那么大个东西毫不费力的样子，里面应该是没装什么东西。"

"谢谢你，亚克诺先生。如果你回来了麻烦给我打个电话。"

他在电话簿里找到了瓦萨洛家的电话号码并拨了过去。

"警长先生，我按我们之前约好的时间去了您的办公室，但是您不在，所以我等了一会儿之后就回去了。"

"抱歉，瓦萨洛先生。我想问您个问题，上周三晚上，当您在等立卡兹太太来吃晚餐的时候，有人给您打过电话吗？"

"呃，我一个在威尼斯的朋友来过电话，还有我们那住在卡塔尼亚的女儿，但我觉得这和案件并没有什么关系吧。不过，我今天下午想要告诉您的是，那天晚上毛里齐奥·迪·布拉斯打过两次电话来找米凯拉，一次是九点多，还有一次是十点多一点。"

※

看来今天在局长那里经历的那些不痛快只有通过一顿丰盛的美食才能消除了。眼下，圣卡罗杰诺餐厅正在装修，他想到了朋友以前向他介绍过的一家餐厅，在去往约波洛詹卡克肖的路上。那个小镇距离维加塔二十公里，但为了美食跑一趟还是值得的。蒙塔巴诺开着车子出发了，他很快就找到了那家餐厅，名字叫作"拉卡切多里亚"。餐厅老板兼任收银员和服务员的工作，他那长长的八字须像极了那位绅士的国王，维克托·伊曼纽尔二世。一有顾客光临，他便会为他端上一大份美味的茄子沙拉。著名诗人博亚尔多有句诗是这样写的："一个完美的开始得益于一个最好的引导。"[1] 所以，蒙塔巴诺决定完全遵从餐厅老板的引导。

"您想吃点儿什么？"

"您随便给我上几个菜就行。"

这位"绅士的国王"笑了，难得客人对自己餐厅的菜这么有信心。

第一道菜是通心粉，加入橄榄油、蒜、红辣椒和盐制成的辣

---

1 出自马泰奥·马里亚·博亚尔多《恋爱中的奥兰多》。

酱，稍微拌一拌就可以吃了，味道很棒，只是有点辣，辣得警长把半瓶酒都喝完了。第二道菜是罐焖羊肉，洋葱和牛至叶的香味让人回味无穷。最后吃了块里科塔奶酪蛋糕，喝了一小杯茴香酒，以便促进消化系统的吸收。吃完后去结账，没想到那么便宜，最后，他笑着和那位"绅士的国王"握了握手。

"顺便问一下，谁是这里的大厨？"

"我的太太。"

"麻烦转告一声，她做的菜非常棒。"

"我会的。"

回程的时候，他并没有直接朝蒙特鲁萨方向走，而是把车开往了菲亚卡方向，从这里他也可以回到自己在马里内拉的家，刚好跟平时从维加塔回家的路是相反的方向。这一路比去的时候多花了半个小时，但他走这条路刚好不用经过安娜的家，这样也就不用让她看见自己那幅落寞的样子了。过了一会儿，他打了个电话给米米·奥杰洛。

"你感觉怎么样了？"

"难受。"

"听着，我之前跟你说的那些事都不用管了，明天上午你待在家休息就可以了，因为那件案子已经不由我们负责了，我会让法齐奥陪立卡兹医生去。"

"你什么意思啊？什么叫'不由我们负责了'？"

"局长已经把那个案子从我手里拿走了，交给快速特警队的队长全权负责了。"

"他为什么要那么做？"

"因为他位高权重呗。有什么话要我带给你姐姐吗？"

"别告诉她我受伤的事，要不然她会担心死的。"

"保重，米米。"

※

"喂，法齐奥吗？是我，蒙塔巴诺。"

"什么事，长官？"

蒙塔巴诺让他把与案子有关的所有电话信息都转交给蒙特鲁萨快速特警队，并且交代他明天带立卡兹医生去停尸房进行死者身份确认。

※

"喂，利维娅？我是萨尔沃，最近还好吗？"

"还行吧。"

"这是什么口气呀？那晚我还没来得及把话说清楚你就把电话挂了。"

"那都是半夜了。"

"但那天我确实是忙到那时候才闲下来的。"

"唉，可怜的家伙。不过有件事我可得提醒你，在上周三晚上的电话里，因为打雷，你巧妙地回避掉了我的那个问题。"

"我今天打电话来是要告诉你，我明天要去看看弗朗索瓦。"

"和米米一块儿吗？"

"不，米米他受伤……"

"我的妈呀，你是说真的吗？"

她和米米之间相处得很不错。

"听我把话说完。他的头被石头砸了，不过不是很严重，缝了三针。所以明天就我一个人去，米米的姐姐想和我谈谈。"

"关于弗朗索瓦的事吗？"

"不然还能谈谁呀？"

"天呐，一定是弗朗瓦索生病了，我现在就给她打电话。"

"拜托，他们一般天一黑就睡了，我明天晚上一到家就给你打电话。"

"你一定要告诉我，记住哦。看来我今天晚上是睡不着了。"

9

从维加塔到卡拉皮亚诺，只要是对西西里道路稍微了解一些的人都会首先走通往卡塔尼亚方向的高速公路，下高速后，朝内陆方向开往特罗伊纳，之后再经过一段柏油路开往加利亚诺——那段路还是在五十年前区域自治的早期修成的，最终通过省道，到达卡拉皮亚诺，所谓的省道之前也不过是被地震破坏了的乡村小道而已。但这还没到目的地，米米他姐姐和姐夫的农场在镇外四公里，只有通过一条蜿蜒的碎石路才能到达，就算是山羊走起来也相当费劲。而在大多数人看来，这恰恰是一条最好的路线，米米·奥杰洛之前总是喜欢这样走，蒙塔巴诺觉得难度太大了些，一定会让自己感觉很不爽。

自然，蒙塔巴诺并没有走那条线路。他选择了横穿岛屿。于是，从一开始他就发现，自己穿梭在乡间的小路上，时不时会有在田间劳作的农民放下手头的农活儿，惊奇地注视着一辆汽车莽撞地在路上前行。也许，他们晚上回家后会和他们的孩子讲述白天的见闻："知道吗？今天在田间竟然看到有人开车经过呢！"

然而，这正是蒙塔巴诺警长最喜欢的西西里岛：环境恶劣，植被稀少，土壤贫瘠，不适宜人类居住。虽然现在越来越罕见，但在那里，他仍然能够遇见穿着长筒橡胶靴、戴着帽子的人经过，他们肩上扛着步枪，骑在骡子背上向他致敬。

那天天气晴朗，天空澄澈明亮，好天气应该会一直持续到晚上。车里的温度不低，即便车窗开着，车后座包裹里飘出来的香味依旧弥漫在整个车厢。出发之前，蒙塔巴诺特意去了趟阿尔巴纳斯咖啡馆，那里做的糕点可以说是维加塔最好的。他买了二十个新鲜出炉的奶油甜馅煎饼卷，还有十公斤的杏仁脆饼、橄榄油圈圈、烧饼和巴勒莫特产斜切短通心粉——都是些耐放的饼干，以及一些小杏仁饼果子和五公斤五颜六色的卡萨塔芝士蛋糕。

他在午后到达了目的地，这一趟花了他四个多小时。这个农场大房子看起来很空，只有冒着烟的烟囱说明家里是有人的。他摁了摁车喇叭。不一会儿，米米的姐姐弗兰卡出现在门口。她四十多岁，是一个典型的西西里女人，一头金发，身材强壮高挑。她看着那辆汽车，一直用手揉擦着围裙，看来是还没认出他来。

"我是蒙塔巴诺。"警长说完打开车门下了车。

弗兰卡跑了过来，笑容满面地拥抱了他一下。

"米米呢？"

"就在我们快要出发的时候他才说自己来不了了，他感觉很抱歉。"

弗兰卡看着他，蒙塔巴诺没办法对那些自己尊重的人说谎，不然他就会口吃、脸红，还不敢看对方的眼睛。

"我要给他打电话。"弗兰卡决绝地说完就往屋里走去。几分钟后，蒙塔巴诺把大大小小的包都扛在身上，跟着她进了屋。

弗兰卡刚打完电话。

"他的头痛到现在还没好。"

"现在放心啦？相信我，他没事。"警长说道，然后把那些包裹放在了桌子上。

"这是什么？"弗兰卡说，"你是想把这里变成一个糕点店吗？"

她一边说着，一边把甜点放进了冰箱。

"最近还好吗，萨尔沃？"

"挺好的，你们呢？"

"上帝保佑，我们一切都好。你都不敢相信，弗朗瓦索真的每天都在长高。"

"他们现在在哪儿呢？"

"都在附近呢，听到开饭的铃声就都跑回来了。你今晚要在这边住吧？我去给你准备一个房间。"

"谢谢你，弗兰卡，但你知道，我没办法留在这里过夜，最晚下午五点我就得回去了。我不像你弟弟，每次都开车在路上狂奔。"

"那先去洗个手准备吃饭。"

蒙塔巴诺大约十五分钟后回来了，整个人顿时感觉清爽了不少。弗兰卡已经把饭桌摆好了，警长觉得现在正是说话的好时机。

"米米说你想跟我谈谈。"

"等一会儿吧，等会儿再说。"弗兰卡关切地说，"你饿了吗？"

"嗯，有点儿。"

"先吃点儿全麦面包吧？半个小时前刚从烤箱里拿出来的。我去给你拿点儿？"

还没等蒙塔巴诺回答，她已经从一条长面包上切了两片，在上面抹了点儿橄榄油、盐和黑胡椒，中间夹上一片佩科里诺干酪，一个三明治就这样做成了。她把三明治递给了蒙塔巴诺。

蒙塔巴诺拿着三明治在门边的长椅上坐下，刚吃一口就感觉自己仿佛年轻了四十岁，又重新回到了小时候，品尝着奶奶做的三明治。

这样的三明治就是要在阳光下吃，什么也不想，只要细细品味其中的味道，感受周围泥土和青草的芬芳就好。过了一会儿，他听到一阵喧闹声，抬眼看去，三个孩子正在互相追逐打闹。最大的那个叫朱塞佩，今年九岁；他的弟弟叫多梅尼科，和他的舅舅米米同名，和弗朗瓦索同岁；还有另外一个就是弗朗索瓦了。

蒙塔巴诺惊讶不已地盯着他，他如今已经是他们三个当中个头最高、精力最旺盛的一个了。蒙塔巴诺简直不敢相信，上一次见他不过就是两个月前，他怎么就像变了个人一样。

蒙塔巴诺小跑到他身边，张开了双臂。弗朗瓦索认出了他，不再和他们打闹，其他两个人也转身朝屋里走去。蒙塔巴诺蹲下身子，手臂依然张开着。

"嗨，弗朗瓦索。"

这个孩子突然转身，飞快地往屋里跑去。

"嗨。"他边跑边答道。

蒙塔巴诺只能眼睁睁地看着他走进房间。这是怎么了？为什么他在这个孩子的眼睛里没看到一丁点儿喜悦？蒙塔巴诺试图安慰自己，或许那只是他在表达自己的不满，弗朗瓦索可能觉得他忽略了自己。

吃饭的时间到了，桌子两端坐的分别是蒙塔巴诺和弗兰卡的丈夫奥尔多·加利亚尔多。奥尔多是个话不多的男人，身体健壮、精力充沛，就像他那名字的含义一般。蒙塔巴诺的右手边坐着弗兰卡和三个孩子，弗朗瓦索坐在离他最远的地方，挨着奥尔多；他的左手边坐着三个二十岁左右的年轻人，马里奥、贾科莫和厄恩斯特，前面两个是大学生，在农场打工赚生活费，第三个是个路过这里的德国人，他跟蒙塔巴诺说自己还想在这儿待三个月。午餐吃的是香肠酱拌意大利面和烤香肠，大家用餐都比较快，奥尔多和他的三个帮手还得抓紧时间回去工作。他们尝了尝蒙塔巴诺带来的甜点，之后奥尔多点了点头，示意其他人该走了，于是他们起身出门了。

"我再给你倒杯咖啡吧。"弗兰卡说道。蒙塔巴诺隐约感到有些不安，因为他看见奥尔多离开前和她交换了下眼神，虽然只有一瞬间，但也许真的有什么不好的事要发生了。弗兰卡端着咖啡坐到了蒙塔巴诺前面，她终于要开口了。

"现在事情有些麻烦。"她开口道。

就在这时，弗朗瓦索进来了，一脸决绝的表情，双手握成拳头放在身体两侧。他走到蒙塔巴诺身前停了下来，直直地看着他的眼睛，然后用颤抖的声音说："你别想把我从我兄弟身边带走。"

说完，他转身跑开了。这对于蒙塔巴诺来说是个不小的打击，一时间还反应不过来。他把脑子里那一瞬间的想法说了出来，但听上去确实有些滑稽。

"他的意大利语现在说得真不错。"

※

"我要说的，呃，刚刚孩子已经说了。"弗兰卡为难地说道，"然后还想向你解释一下，我和奥尔多真的什么都没跟他说，只是时常跟他说说你和利维娅，告诉他最后他将跟你们一起生活，然后你们很相爱，而且你们也会很爱很爱他。但这些都没用，就在一个月前的某个晚上，他突然就有了这样的想法，那时我已经睡了，感觉有东西碰了碰我的胳膊，睁开眼就发现他站在床边。"

"你感觉哪里不舒服吗？"

"不是。"

"那你怎么了？"

"我害怕。"

"害怕什么？"

"怕萨尔沃来把我带走。"

"从那之后，无论是在他玩的时候，还是在他吃饭的时候，那想法时不时地就会冒出来，他整个人开始变得很忧郁，甚至开始不听管束。"

弗兰卡还在接着说，但蒙塔巴诺已经没有心思听下去了。他回想起自己和弗朗瓦索一样大的时候，确切地说比他还小一岁。那时候，他的奶奶快不行了，妈妈也得了重病（当然，这些事情都是他后来才意识到的），爸爸为了照顾她们就把他送到了姑姑卡梅拉家里让其代为照看他。姑父名叫皮波·肖尔蒂诺，开了个小杂货店，是个体贴、脾气温和的男人，他们没有自己的孩子。过了一段时间，爸爸来了，准备接他回去。他记得很清楚，爸爸那天打着黑色的领带，左臂上还带着一块黑纱。但他拒绝跟爸爸一块儿走。

"我不走，我就要和姑姑、姑父在一起，我现在已经姓肖尔蒂诺了。"

他至今仍记得父亲脸上那痛苦的表情，还有姑姑和姑父那一脸的尴尬。

"……因为孩子并不是包裹，不是说你随时想寄存在哪儿就可以存在哪儿的。"弗兰卡总结道。

※

返程的时候，他选了条比较好走的线路，晚上九点就已经回到维加塔了。他决定顺道去看看米米·奥杰洛。

"你看去上好些了。"

"下午睡了一觉。你是怎么回事，不是说好要帮我瞒着弗兰卡的吗？搞得她满是担心地打电话给我。"

"她是个非常非常聪明的女人。"

"她和你谈了些什么？"

"就弗朗瓦索呗。"

"那个孩子现在不想离开他们了吗？"

"你怎么知道？你姐姐告诉你了？"

"她什么都没跟我说，但这个有那么难猜吗？我早就感觉会是这样的结果。"

蒙塔巴诺一直阴着一张脸。

"我知道你可能会感觉很受伤。"米米说，"但没准儿这还是件幸事呢。"

"对弗朗瓦索吗？"

"既是对弗朗瓦索，更是对你自己呀，萨尔沃。你还没有做好当一个父亲的准备，即便只是一个养父。"

※

刚过桥，他注意到安娜房子里的灯还亮着，于是把车停在路边下了车。

"哪位？"

"萨尔沃。"

安娜开了门，把他领到了餐厅。她正在看电影，但进来后马上把电视关了。

"来点儿威士忌？"

"好啊，什么也别加。"

"你心情不好？"

"有点儿。"

"那样对胃不好。"

"确实是啊。"

他又思索了一下安娜刚才的那句话：那样对胃不好。她怎么知道弗朗瓦索的事呢？

"不过，安娜，你是怎么知道的呢？"

"我从电视上看到的，晚间报道。"

她到底在说些什么啊？

"哪个台？"

"维加塔卫视，他们报道说立卡兹的谋杀案已经交给快速特警队的队长去办了。"

蒙塔巴诺笑了起来。

"你真的以为我会在乎那件屁事吗？我说的是另外一件事。"

"那你为什么心情这么低落，跟我说说呗。"

"以后再跟你说吧。"

"你见过米凯拉的老公吗？"

"嗯，昨天下午见的。"

"他跟你说了他们之间的形式婚姻吗？"

"你知道？"

"是的，米凯拉跟我说过。其实米凯拉很爱他，但在那种婚姻状况下，米凯拉有情人其实也算不上是背叛，因为立卡兹医生是知道的。"

另一个房间里的电话响了，安娜过去接了起来，打完电话回来时，她的情绪有些激动。

"是一个朋友打来的，她听说大概半个小时前，快速特警队队长去迪·布拉斯工程师家里把他带到了蒙塔鲁萨警察总局。他们到底想干什么？"

"很简单，他们想知道毛里齐奥在哪儿。"

"也就是说，他们已经怀疑到他了。"

"安娜，这件事情再明显不过，快速特警队队长欧内斯托·潘扎西也不是个笨蛋。好了，谢谢你的威士忌，晚安。"

"怎么，你这就要走啦？"

"不好意思，我今天有点儿累，明天见。"

他瞬间被浓密厚重的乌云笼罩了，压抑得难受。

※

他一脚踢开了家里的门，跑过去接起了刚刚响起的电话。

"你到底怎么回事，萨尔沃？还是朋友吗？"

他听出来了，那是齐托的声音，自由频道的记者，他真正当作朋友的人。

"你是真的不再负责那个案子了吗？我今天没有报道这件事，因为我想亲自跟你确认一下。如果的确是那样的话，你为什么都没有告诉我？"

"对不起，尼科洛，那时候已经是深夜了，然后我今天一大早就出门了，去看了看弗朗瓦索。"

"那需要我在电视上为你做些什么吗？"

"不用了，多谢。作为补偿呢，告诉你一个最新消息，潘扎西队长把奥雷利奥带到蒙特鲁萨总局去问话了。"

"是他杀了米凯拉吗？"

"怎么会，真正有嫌疑的是他儿子，在立卡兹太太被杀的当晚就失踪了。他儿子对米凯拉相当痴迷。哦，对了，还有件事，受害者的丈夫现在也在蒙特鲁萨，就住在乔利酒店。"

"萨尔沃，如果你真的被从警局里踢出来了，我一定把你招来。

等着看午夜新闻吧，谢谢啦，真心的。"

放下听筒，蒙塔巴诺感觉更压抑了。

那样的话就等于是巩固了潘扎西队长在这个案件中的地位，午夜新闻一播出，他的所有行动都将进入大众的视野。

※

他根本没心情吃饭，于是便脱了衣服走进浴室，待了很长时间才出来，换上了干净的短裤和背心。接下来就是最艰难的事情了。

"利维娅。"

"啊，萨尔沃，我一直都在等你的电话呢。弗朗瓦索怎么样？没事吧？"

"他很好，长高了很多。"

"你有没有注意到，他真的进步很多。每个礼拜给他打电话的时候，我都会发现他的意大利语说得越来越好了。他现在已经很会表达自己的想法了，你发现了吗？"

"确实是很棒。"

利维娅并没有注意到他的语气，她还有另外一个紧迫的问题要问他。

"弗兰卡叫你过去干什么？"

"就想和我谈谈弗朗瓦索的事。"

"怎么了？是他太淘气，不听话吗？"

"利维娅，不是这个问题。也许我们不应该让弗兰卡他们带了他那么长时间，那孩子现在很依赖他们，还告诉我他不想离开他们。"

"是他自己告诉你的？"

"是的，那是他自己的意愿。"

"什么自己的意愿，你个傻帽。"

"为什么骂我？"

"因为那些话都是他们教他的。他们想把他从我们身边抢走，这样的话，他们的农场就又多了个免费劳动力，这群无赖。"

"利维娅，你别胡说八道。"

"这些都是事实，他们就是一心想把他留在身边，而你正好巴不得他们那样做呢。"

"利维娅，你理智一点。"

"理智，我现在非常理智！我就让你和那两个绑匪看看我到底有多理智。"

她说完就把电话挂了。蒙塔巴诺连衣服也没披就径直走到阳台上坐了下来，点了根烟，整个人沉浸在忧郁的思绪中不能自拔。虽然弗兰卡让他和利维娅两个人做最后的决定，但就目前的情况来看，不管他们怎么努力，弗朗瓦索都不会愿意跟他们一起生活。这件事说到底其实就像米米的姐姐说的那样，孩子不是包裹，不是说随时想寄存在哪儿就可以存在哪儿，而完全不考虑他们的想法。负责收养事宜的拉皮萨尔迪律师说，收养手续至少还要六个月才能完全办下来，而这段时间足以让弗朗索瓦完全在弗兰卡家里扎根了。利维娅认为是弗兰卡让孩子说出那番话的，其实根本不是那样的。当蒙塔巴诺跑过去想拥抱弗朗索瓦的时候，孩子脸上的表情他看得一清二楚，他到现在还记得孩子眼神里透露出来的情感：有害怕，还有点儿厌恶。而且，他深深地理解这个孩子的想法，他已经失去妈妈了，不想再次失去这个新的家庭。最后，因为他和利维娅陪孩子的时间太少了，留给孩子的印象并不深。蒙塔巴诺觉得自己绝对不能再次让弗朗瓦索受到伤害了，他没有这个权利，利维娅也没有，他们将永远地失去他。就他个人来说，他是同意孩子待在奥尔多和弗兰卡身边的，因为他们愿意收养他。但现在，他只觉得浑身凉意十足，于是起身回到了屋里。

※

"您睡了吗，长官？我是法齐奥，打电话是想告诉您，我们下午开了个小会，一起给局长写了封抗议信，是由奥杰洛警官发起的，我们每个人都在上面签名了。我给您念一下吧：我们，作为维加塔警察总署的成员，对……"

"你等会儿，信寄出去了吗？"

"是的，长官。"

"你们是一群傻子吗？你们寄信之前至少得跟我说一声吧？"

"为什么？寄信之前和之后跟您说不都一样吗？"

"那样我就可以阻止你们那可笑而又愚蠢的行为了！"

他粗鲁地挂断了电话，气得肺都要炸了。

※

他用了很长时间才睡着，刚睡了一个小时就醒了。于是，他开灯坐了起来。他似乎想起了什么，就在他和立卡兹医生一同待在案发现场的时候，他感觉有些东西——或者是某个词，又或许是某个声音——有些奇怪和反常。到底是什么呢？他猛地拍了下自己，现在还想这些有什么用？这个案子已经不归你管了。

于是他又关了灯躺下了。

"弗朗索瓦也不是你的了。"他痛苦地补充道。

10

第二天早晨，蒙塔巴诺刚到局里就发现所有人都已经到齐了：奥杰洛、法齐奥、杰尔马纳、加洛、加鲁佐、贾隆巴尔多、托尔托雷拉和格拉索，就只差坎塔雷拉一个人，他去参加第一节电脑培训课程了。每个人都拉着个大长脸，像躲瘟疫一样躲着蒙塔巴诺，根本不敢直视他的眼睛。他们都受了双重打击：第一是局长为了泄愤把他们手头的案子直接从老大手里抢走了；第二就是他们老大因为他们写的一封抗议信而气愤不已。他不感谢他们也就算了——虽然平时警长根本不会表达谢意之类的，竟然还骂他们是一群"傻子"。真的是伤透了他们的心呐。而这些都是法齐奥告诉他们的。

虽然全都到齐了，但大家都无聊地要死，因为除了立卡兹的谋杀案之外，已经有两个月没发生过什么重大案件了。比如说，之前有两大相当活跃的犯罪团伙，首领分别是库法罗和西纳格拉，他们经常为争地盘而火拼，几乎每个月都会死人（这个月是库法罗的人，下个月就是西纳格拉的人），这几乎已经成为定律了。但最近，双方似乎都失去了往日的热情。事实上，自从焦苏埃·库法罗被捕并主动认罪的那一刻起，裴普曹·西纳格拉就失去了对手，于是也被捕了并主动为自己的罪行忏悔去了。之后，库法罗的表弟安东尼奥·斯莫卡和西纳格拉团伙的齐科等重要头目也都相继被捕了……

上一次在维加塔听到喧闹声还是一个月前，那是圣杰兰多节烟花表演的声音。

"所有犯罪头目都已经被捉拿归案了。"博内蒂·阿德里奇局长在一次新闻发布会上激动地宣布。

那时候蒙塔巴诺还在想，还有一些超级大头目正逍遥法外呢。

这个上午，格拉索接替了坎塔雷拉的位置负责接电话，此刻，他正在做填字游戏；加洛和加鲁佐正在玩纸牌游戏；贾隆巴尔多和托尔托雷拉正集中精力在国际跳棋中厮杀；其他人有的在看书，有的干脆在对着墙发呆。总而言之，局里干什么的都有，就是没有干正事的。

蒙塔巴诺的办公桌上堆满了需要签字的文件和其他一些需要他处理的东西。难道这是他们一群人在报复我吗？他暗想。

※

签了一上午的字，警长的右手都僵硬了，正准备出去找个地儿吃饭，一个爆炸性消息传来了，完全猝不及防。

"长官，有位叫安娜·特罗佩亚诺的女士找您，她听上去有些伤心。"格拉索说。

"萨尔沃，我刚看到新闻里说毛里齐奥被杀了，我的天哪。"

因为警局没有电视，蒙塔巴诺飞快走出办公室，朝意大利酒吧走去。

法齐奥起身拦住了他。

"长官，发生什么事了？"

"他们把毛里齐奥杀了。"

酒吧老板杰尔索米诺和两个顾客正目瞪口呆地盯着电视屏幕，维加塔卫视的记者正在报道这则新闻。

"……经过对奥雷利奥·迪·布拉斯一夜的审问之后，快速特警队队长欧内斯托·潘扎西推断出布拉斯的儿子毛里齐奥，也就是米凯拉·立卡兹谋杀案的头号嫌疑人，可能就藏身于布拉斯家位于拉法达利地区的一栋农舍内。而这位父亲坚持说他的儿子没有藏在那儿，因为前一天自己亲自去那里找过他。今天上午十点，潘扎西队长带着六名警员赶到了拉法达利地区，开始对房子进行仔细地搜查。突然，有个警员看到屋后荒山的斜坡上有个人影。经过一路追踪，潘扎西队长和几位警员发现毛里齐奥逃进了一个山洞。在洞外合理部署了一番之后，潘扎西队长命令嫌疑人出来投降。突然，毛里齐奥冲了出来，嘴里喊着'惩罚我吧！惩罚我吧！'，双手还以威胁的姿势挥舞着武器。其中一个警员立即朝毛里齐奥开了一枪，击中胸部，毛里齐奥倒地身亡了，这个年轻人最后的那句祈求式的'惩罚我吧'应该是自己内心忏悔的声音吧。同时，奥雷利奥·迪·布拉斯也有可能作为儿子逃亡期间的共犯而被起诉，如今，警方已经命令他尽早为自己找个辩护律师。"

随后，电视屏幕里出现了毛里齐奥的照片，蒙塔巴诺瞥了一眼就离开酒吧回到了警局。

"如果他们没有把案子从你手里抢走，那可怜的家伙也就不会死！"米米满腔愤怒地说道。

蒙塔巴诺一言不发，走进办公室把门关上了。刚才的报道中有一点是极其矛盾的：如果毛里齐奥自愿接受惩罚，并且可以说是迫不及待地要接受这个惩罚的话，那他为什么还要拿着武器威胁警察呢？如果一个人用手枪对准了那些前来追捕自己的人，那他一定是不想受到惩罚，试图躲过追捕，他一定是想逃走的。

"我是法齐奥，可以进来吗，长官？"

令蒙塔巴诺惊讶的是，奥杰洛、杰尔马纳、加洛、加罗佐、贾隆巴尔多、托尔托雷拉，甚至是负责接电话的格拉索都跟在法齐奥的后面走进了他的办公室。

"法齐奥有个朋友在蒙特鲁萨快速特警队，他们刚刚通了电话。"奥杰洛说道，然后示意法齐奥接着说下去。

"您知道那孩子用来威胁潘扎西和他手下那帮人的'武器'是什么吗？"

"什么？"

"一只鞋子，他自己右脚上的鞋子。他倒下之前将鞋子扔向了潘扎西。"

※

"安娜吗？我是蒙塔巴诺。"

"不可能是他干的，萨尔沃！我敢肯定，这就是个悲剧性的错误。你必须出面做点儿什么！"

"听着，我打电话不是想和你说那些的。你认识布拉斯太太吗？"

"认识，我们见过几次。"

"我现在很担心她，你现在立刻过去看看。她丈夫被捕入狱，儿子被杀，我不想让她在这个时候独自一人。"

"我现在就过去。"

※

"长官，我有话想跟您说。我那朋友又打电话过来了。"

"然后他告诉你，鞋子的事情只是他开的一个玩笑。"

"没错，所以说，事情绝对是真的。"

"听着，我现在要回家了，下午应该都不会过来，有什么事情给我打电话。"

"长官，您得做点儿什么呀。"

"少啰唆，你们所有人都给我记住了。"

※

过了桥，蒙塔巴诺并没有停下，而是径直朝自己家开去。这个时候，他不想再听安娜说自己必须采取些行动之类的话了。如今，他有什么权利去做那些呢？警长决定成为身着明盔亮甲的无畏骑士，成为罗宾汉或佐罗，成为深夜复仇者，他要做集以上几个身份于一身的萨尔沃·蒙塔巴诺。

他完全没了胃口，决定随便对付一下，于是便用小茶碟装了点儿青橄榄和黑橄榄，切了片面包，一边嚼着，一边给齐托打电话。

"尼科洛？是我，蒙塔巴诺。你有没有听说局长要召开新闻发布会？"

"有啊，时间定在今天下午五点。"

"你要去吗？"

"当然得去。"

"得麻烦你帮我个忙。你在发布会上向潘扎西提问的时候，问问他毛里齐奥用来威胁他们的武器到底是什么，等他回答你之后，再问问他可不可以拿出来给大家看看。"

"这背后是有什么秘密吗？"

"到时候我会告诉你的。"

"你知道吗，萨尔沃？我们一致认为，如果这个案子还是由你负责的话，毛里齐奥压根儿就不会死。"

看来，尼科洛也加入到米米的阵营了。

"你有多远给我滚多远。"

"谢谢你的建议啊，不过在滚之前呢，我得先想清楚了。对了，顺便提醒一句，我们会对新闻发布会进行现场直播。"

※

他走到阳台上坐了下来，手里拿了本丹纳维的书，但现在根本看不进去。有个想法又在他脑子里盘旋，还是昨晚想到的那个：当他和立卡兹医生去案发现场查探的时候，他一定看见或听见了什么奇怪的、反常的东西，到底会是什么呢？

※

新闻发布会五点整准时开始了。在准时这件事情上,博内蒂·阿德里奇有种病态般的执着，他总是一有机会就重复那句话，"准时是国王都应该具备的基本礼仪。"看来是他那高贵的血统影响太深了，让他有种自己脑袋上带着皇冠的错觉。

铺着绿桌布的小桌子后面坐着三个人：中间是局长，右边是潘扎西，左边是拉特斯博士。他们后面站着六个参与了当天行动的警员。警员们的神情都很凝重，还透着点儿疲惫，前面坐着的三位长官却表现出了少许的满意神态，但毕竟有人丧生了，他们也不能表现得太明显。

中间的局长首先开口了，一个劲儿地表扬欧内斯托·潘扎西，说他是个"前途一片光明的年轻人"，并且把这件事归功于把案件委派给快速特警队负责的他自己，这样案件"才能在二十四小时之内迅速得以侦破，若是换作别人，就凭那落后的破案方法，还不知道需要多久呢"。

蒙塔巴诺坐在电视机前，听到这些话后并没有什么反应，脑子里甚至一片空白。

接下来轮到潘扎西讲话，他只是把维加塔卫视新闻报道里的那番话又复述了一遍，但略去了很多细节，好像是想赶紧说完然后就可以赶紧离开了。

"各位有什么问题要问吗？"拉特斯博士问道。

有人举手提问了。

"您确定嫌疑人喊的是'惩罚我'吗？"

"非常确定，他说了两遍，他们也都听到了。"

他转向身后的六名警员，然后他们一致点头表示赞同，看上去就像被线牵着的木偶一般。

"并且带着绝望和急切的语气。"潘扎西补充道。

"请问他父亲是因为什么被起诉呢？"第二个记者问道。

"作为凶手逃逸的从犯。"局长回答道。

"或许还不止如此。"潘扎西略带神秘地补充了一句。

"难道是谋杀案的帮凶？"第三位记者冒险地问道。

"我可没有那样说。"潘扎西简短地答道。

最后，尼科洛·齐托举手示意自己有问题要问。

"请问毛里齐奥·迪·布拉斯用来威胁您的武器是什么？"

当然，那些不知道实情的记者们根本没有注意到任何变化，但蒙塔巴诺警长明显看到后面的六位警员变僵了，潘扎西队长脸上的笑意也立即收敛了，只有局长和他那博士助手没有什么明显的反应。

"一枚手榴弹。"潘扎西回答道。

"他是从哪儿搞来的手榴弹呢？"齐托步步紧逼。

"呃，那是战争遗留下来的，但仍然能发挥作用。我们已经猜到他是从哪里找到的了，但还需要进一步证实。"

"那我们可以看一看吗？"

"已经交给取证实验室了。"

新闻发布会到这儿就结束了。

※

傍晚六点半，他打了个电话给利维娅，响了很久都没人接。他开始有些担心了，会不会是生病了呢？于是又打给了和利维娅一块儿工作的朋友乔凡娜，她说利维娅今天跟往常一样正常去上班了，但脸色有些苍白和紧张。利维娅还告诉她，自己已经把电话线拔了，因为不想被别人打扰。

"你们怎么了？"乔凡娜问他。

"应该说不是很好。"蒙塔巴诺委婉地答道。

※

不管蒙塔巴诺在干什么，无论是看书，还是抽着烟望着大海，那个问题总会不断地在他脑海里闪现：那天在房子里看到或听到了什么不太寻常的东西呢？

※

"喂，萨尔沃？我是安娜，我刚从布拉斯太太那儿回来。幸好你让我过去看看她，她的家人和朋友都躲得远远的，有谁愿意和一个丈夫坐牢、儿子是谋杀犯的人来往呢。"

"布拉斯太太怎么样了？"

"还能怎么样啊，她精神崩溃了，我打电话找了个医生给她瞧瞧，现在已经好点儿了。布拉斯先生的律师打来电话说应该过不了多久警察局那边就会放人了。"

"他们没有起诉他是共犯吗？"

"我也说不太清楚，我想他们早晚都会起诉，现在只是保释他。你要来我家坐坐吗？"

"现在还不知道，再看吧。"

"萨尔沃，你得做点儿什么。毛里齐奥是无辜的，我敢向你保证，是他们误杀了他。"

"安娜，不要胡思乱想。"

※

"喂，长官？是您本人吗？我是坎塔雷拉。受害者的丈夫打来电话说让您晚上十点左右打电话到乔利酒店找他。"

"好的，谢谢。今天的课上得怎么样？"

"很好，长官，很好。我都听懂了，老师还表扬了我，他说像我这样的人真的很少见。"

※

将近晚上八点的时候，他突然灵光乍现，想到了一个好主意，于是一分钟也不敢耽搁，马上付诸行动了。他朝蒙特鲁萨方向开去。

"尼科洛正在上直播。"自由频道的一个小秘书说道，"不过快要结束了。"

还不到五分钟，齐托气喘吁吁地出现了。

"我已经按照你说的做了，你看发布会了吗？"

"我看了，尼科洛，我想我们是切中要害了。"

"那你告诉我，为什么那颗手榴弹那么重要？"

"你这是在低估手榴弹的威力吗？"

"拜托，我说的不是这个，告诉我这背后是不是有什么秘密。"

"现在还不能告诉你。事实上，你也许很快就会知道了，但得靠自己的本事，我什么也不会跟你说的。"

"别这样嘛！你想让我在新闻里说什么？这不就是你来这儿找我的目的吗？到目前为止，你可一直都是我的秘密指导啊。"

"如果你肯帮我个忙，我就送你个礼物。"

他从夹克口袋里拿出了一张米凯拉的照片，递给了齐托。

"你可是唯一一个知道这个女人生前长什么样的记者，就连蒙特鲁萨局长办公室都没拿到半张她的照片。而她的身份证、驾照、护照这些东西都被凶手打包带走了，所以，这张照片有多珍贵可想而知了吧。你可以拿去，如果需要的话，还可以用在你的报道里。"

尼科洛眉头紧锁。

"看来你这个忙肯定特别难办，说吧。"

蒙塔巴诺起身把记者办公室的门锁上了。

"不行。"尼科洛突然说道。

"什么不行？"

"说什么都不行，如果非要关上门才能说的话，那这个忙我是不会帮的。"

"你看，如果你帮我这一次，我就把你想要的所有真相都说出来，然后你的新闻不就足以引起全国轰动了吗？"

齐托没有说话，很明显，他犹豫了。

"你想让我做什么？"最终，他小声地问道。

"就说你接到了两名目击证人的电话。"

"真的有那么两个人吗？"

"一真一假。"

"那你就只告诉我那个真实存在的人说的话就好了。"

"不行，两个都要说，你干还是不干？"

"但你有没有想过，一旦有人发现有个目击证人是我随意捏造出来的，我就完蛋了。"

"当然想到啦，那样的话你就说一切都是我告诉你的，这样我也就不用在警局待下去了，到时候我们还可以一块儿种种蚕豆，过着隐居的生活。"

"拉倒吧你。先说说那个假的，如果听上去还算靠谱的话，你再把那个真的告诉我。"

"好嘞。今天下午新闻发布会结束之后，有人打电话跟你说，毛里齐奥被射杀的时候，他正好在附近打猎，他告诉你整件事情并不像潘扎西说的那样，然后就挂断了电话，名字也没留下。他的声音听上去带着明显的伤心和恐惧。你告诉你的观众，你只是稍带提一下这件事，并不会对此大肆宣扬，因为这只是一个匿名电话，作为一个有职业道德的专业记者，自己并不会以此来传播任何谣言。"

"也就是说，我还得反复强调一遍是吗？"

"你们记者报道的时候不都是按照这样的标准程序来的吗？先扔个石子过去，然后还得假装跟自己半点儿关系都没有。"

"这个待会儿再跟你讨论，接下来我们来说说那个真的吧。"

"他的名字叫吉洛·亚克诺，但你只要把他名字的简称吉·亚说出来就行了。上周三晚上刚过午夜那会儿，他看到一辆'丽人行'停在三泉区的那栋房子前面，米凯拉和一个不明身份的男子从车里出来，一同朝那栋房子走去。那名男子提着个行李箱，注意，并不是个小旅行袋，而是个大行李箱。那么，问题来了，为什么毛里齐奥强奸立卡兹太太还要带个行李箱呢？是不是怕把床弄脏，于是用箱子装了件干净的床单呢？还有，请问快速特警队有没有找到那个箱子呢？很明显，那个箱子并不在房子里。"

"说完了？"

"说完了。"

尼科洛脸色冷冷地看着他，显然很不认同蒙塔巴诺关于新闻报道方法的评论。

"现在让你看看什么叫职业道德。今天下午新闻发布会之后，我接到了一个猎人的电话，他告诉我，事情并不像警方说的那样。但因为他没留下名字，所以我就没报道出来。"

"你是在唬我呢吧？"

"要不我把我的助理叫来，给你听听电话录音？"齐托答道，随后站了起来。

"算了，尼科洛，我看没那个必要了。"

11

蒙塔巴诺整夜都在床上翻来覆去，无法入睡。脑海里一直浮现出毛里齐奥中枪倒地并把鞋子扔向追捕者的场景。那时，可怜的他就像只被追捕的猎物一般，姿态滑稽而又绝望。他大喊了一句"惩罚我吧"，于是，所有人都以最明显最直白也最令人心安的方式来解读这句话，那就是，惩罚我吧，因为我强奸杀人了，惩罚我的罪行吧。但在那一刻，他想表达的或许完全是另外一种意思。那时的他可能在想什么呢？惩罚我吧，因为我和你们都不一样，因为我爱得太深了，因为我生来……这样的猜想永无止境，但蒙塔巴诺警长并没有继续往下想，因为即使接着想下去也不会有什么结果，而能够把那个场景和那声叫喊完全搞明白的唯一方法并不是自己一个人空想，而是认真审查案件实情。只有这样，真相才能浮出水面。想到这里，他才安心地睡了几个小时。

※

"你们所有人都进来。"他跟米米·奥杰洛说道，然后走进了办公室。

五分钟之后，局里所有人都聚集到了他的办公室。

"你们随意些，不用太紧张。"蒙塔巴诺说，"这不是什么正式的会议，仅仅是朋友之间的谈话而已。"

米米还有其他两三个人坐下了，其他人还都站着。替坎塔雷拉代班的格拉索则靠在门边，随时留意着电话的声响。

"昨天，奥杰洛警官听到毛里齐奥死亡的消息后，说了些让我很受伤的话。他大致是这样说的：如果这个案子还是由你负责的话，那个孩子就不会死。我想说的是，案子是局长从我手里拿走的，所以，对于他的死，我并没有责任。但严格来说，奥杰洛的话也没错。当局长把我叫去并命令我放弃调查立卡兹太太谋杀案的时候，由于自尊心作祟，我没有抗议，也没有反抗，就这样让他把案子从我手里抢走了，也因此赌上了一个人的性命。因为如果是我们查案的话，你们是不可能朝一个脑子有问题的可怜人开枪的。"

他们从来没听过他这样说话，每个人都吃惊地看着他，大气都不敢喘一下。

"昨天晚上想了想，我决定了，我要重新介入这个案子的调查。"

也不知道是谁第一个鼓掌，蒙塔巴诺那段话本来还挺煽情的，后来却因为有些难为情不得不换成了讽刺的语气。

"你们一群傻帽，我已经说过一次了，休想让我再说第二次。"他继续说道，"看今天这情况，这个案子算是结案了。所以，我们必须说好啊，以后的调查都得暗中进行。不过我可警告你们啊，如果我们的行为被发现了，我们每个人都不会有好果子吃。"

※

"蒙塔巴诺警长吗？我是埃马努埃莱·立卡兹。"

蒙塔巴诺想起来了，昨天晚上坎塔雷拉告诉过他要给立卡兹医生回电话的，但他忘了。

"不好意思，昨天晚上我……"

"没事，警长。毕竟从昨天开始一切都不一样了。"

"这话怎么说？"

"我的意思是，昨天下午我还以为我周一上午就可以带着我那可怜的米凯拉回博洛尼亚了，谁知道今天一大早，局长办公室给我打电话说事情可能得往后推，葬礼也要等到周五。所以我决定先回去了，周四晚上再回来。"

"立卡兹医生，您应该已经听说了，那个，这个案件已经……"

"噢，我已经知道了，我打电话来也不是为了案件。您还记得我们上次聊到的那辆车吗？就是我太太的那辆'丽人行'。我能联系联系谁把它卖了吗？"

"立卡兹先生，事情是这样的，我会把车拖到警局的机修工那儿去修理，因为车子是我们撞坏的，我们有义务把它修好。如果您同意的话，我会让机修工试着找个买家。"

"您真是个好人，警长。"

"立卡兹先生，我还想知道，您打算怎么处理那栋房子？"

"也准备卖了它。"

※

"我是尼科洛，事情果然应验了。"

"什么意思？"

"我要被托马塞奥检察官传去问话了，今天下午四点。"

"他找你干什么？"

"你神经大条啊。当初是你把我扯进这件破事当中的，现在你不清楚会有什么后果啦？他肯定会问我，为什么没把那么有价值的证据告诉警方。如果他发现我根本不知道目击证人是谁的话，我就完蛋了，他一定会把我送进监狱的。"

"有什么事情随时联系我。"

"当然啦，到时候你还可以一周来牢里看我一次，给我带点儿橘子啊、香烟啊什么的。"

※

"听着，加鲁佐，我要找你的妹夫，就是维加塔卫视的那个记者，想让他帮个忙。"

"我现在就去找他，长官。"

加鲁佐正要走出房间，但最终没能控制住自己的好奇心。

"呃，那个，我能不能先知道……"

"你不问我也会告诉你的。在立卡兹太太这件事情上，我希望你妹夫能站在我们这边，因为我们不能公开行动，我们必须利用好电视台能为我们提供的任何帮助。但同时，我们得保证电视台的行为都是出于他们自己的意愿，和我们无关。明白了吗？"

"完美。"

"那你觉得你妹夫会愿意帮我们吗？"

加洛笑了起来。

"长官，如果是您出面的话，就算让那家伙在电视上说太阳是从西边升起的他都愿意。您不知道他都快嫉妒死了吗？"

"他嫉妒谁啊？"

"还能有谁，尼科洛·齐托呗。他总是说您对齐托格外关照。"

"没错，昨晚齐托帮了我个忙，现在他就有麻烦了。"

"那您现在是想让事情在我妹夫身上重演？"

"那要看他愿不愿意上钩了。"

"告诉我您想让他干什么，应该没什么问题。"

"好，你把他应该做的事情告诉他。这个给你，米凯拉·立卡兹的照片。"

"我的天，长得可真漂亮。"

"现在，你妹夫手里应该有一张毛里齐奥的照片，在报道他死亡消息的时候我好像看到过，我希望他在午间新闻和晚间报道时把两张照片放在一起展示出来。在报道中他只需说，从她周三晚上七点半和朋友分开到半夜被看见和一名男子走进她的房子，这期间有五个小时，他想知道有没有人知道米凯拉在这段时间内的任何消息或动向，假如说有人刚好在那段时间内看到她和毛里齐奥在一起，那地点是在哪里？明白了吗？"

"必须的。"

"从现在起，你就在维加塔卫视安营扎寨吧。"

"这话是什么意思？"

"我的意思是，这段时间你就一直待在那儿吧，一旦有人去汇报情况，你就和他们谈谈，然后回来向我汇报。"

※

"萨尔沃，我是尼科洛，我可能又得麻烦你了。"

"有什么新闻吗？他们派宪兵队去抓你了吗？"

很显然，尼科洛没心情跟他开玩笑。

"你能马上来台里一趟吗？"

※

蒙塔巴诺在自由频道摄影棚看到奥拉齐奥·古塔多罗的时候明显有些震惊，他是一位争议不断的辩护律师，为省内甚至省外所有的黑手党担任过法律顾问。

"哟，这不是蒙塔巴诺警长吗？真是难得呀！"这位律师一看见他走进来就说道。而尼科洛脸上有点儿不自在。

警长用询问的眼神打量着尼科洛，为什么他会把古塔多罗也叫来？齐托直接回答了他："古塔多罗先生就是昨天打电话过来的那位，当时就是他在那打猎。"

"噢。"警长敷衍地答道，在古塔多罗面前还是说得越少越好，因为他绝不是什么善茬儿。

"这位尊贵的记者先生在电视上说的那些话，"律师开口了，说话的语气和他在法庭上说话的时候一模一样，"把我描绘得像个懦夫一样啊。"

"我的天，我都说了些什么啊？"尼科洛担心地问道。

"'不知名的猎人''匿名举报者'，这就是你的原话。"

"这就算是冒犯到你了吗？那我还说过'不知名的战士'……"

"……还有'匿名的威尼斯人'。"蒙塔巴诺插嘴道，感觉有些好笑。

"什么？什么？"律师假装没听见他们说话一般，"我奥拉齐奥·古塔多罗就被你们说成了这么一个胆小鬼？我忍不了，所以就来了。"

"但你为什么要来找我们呢？你不是应该去蒙特鲁萨找潘扎西队长，告诉他……"

"你是在开玩笑吗？潘扎西根本不会相信我的话，而且案子在他那儿完全是朝着相反的方向发展的，若是我们各执一词，人们毫无疑问会相信他的话。你知道我有多少委托人都是因为警察或宪兵而受牵连或被控告的吗？起码成百上千。"

"不好意思，先生，那你看到的版本和潘扎西队长陈述的又有何不同呢？"齐托终于有些好奇了。

"只有一个小细节不一样，我的记者先生。"

"什么细节？"

"毛里齐奥手里并没有携带任何武器。"

"不，这不可能，我不相信。你是说，快速特警队的人冷血地杀害了一个手无寸铁的人，仅仅是为了享受杀人的快感？"

"我只是说毛里齐奥手里没有拿武器。而那些警察们却认为他拿着武器，因为当时他手里确实拿着什么东西，由此造成了一个可怕的误会。"

"他手里拿的是什么？"齐托惊讶地尖叫道。

"他自己的一只鞋子。"

记者瘫坐在椅子上，律师只是自顾自地继续说道。

"我觉得自己有责任把事情的真相公之于众，而若想履行这神圣的公民义务，我需要……"

蒙塔巴诺开始明白古塔多罗的伎俩了。因为这个案子和黑手党没有任何关系，他出面指证并不会伤害到他那些委托人的权益，同时他还获得了一个绝佳的机会，使他得以在公众面前为自己树立一个道德公民的形象，尤其这件事情还牵扯到警方，他那正义形象就更显高大了。

"我在前一天还看见他了。"律师说道。

"谁？"齐托和蒙塔巴诺异口同声道，都从自己刚刚的思绪中回过神来。

"当然是毛里齐奥啦，还有谁呀？那一带是打猎的好地方，我从远处看到了他，但我并没有带望远镜，只是看见他一瘸一拐地走进洞里，然后坐在阳光下开始吃东西。"

"你等会儿。"齐托说道，"你是说，他藏身在山洞里，而不是藏在离那儿不远的自家房子里？"

"亲爱的齐托先生，你听我慢慢说呀。就在他被杀的前一天，我还曾从布拉斯家的房子前经过，门上挂着把树干那么粗的挂锁，那时我也觉得他无论如何都不会躲在外面，也许他是不想连累家人吧。"

蒙塔巴诺意识到了两件事：第一，这个律师并不打算揭穿快速特警队队长的那番虚假说辞，也不会透露毛里齐奥的藏身地点，因此，对他父亲的指控也就不会被撤销；第二，他得亲自去证实一下这些事情。

"先生，我能问你一些问题吗？"

"随便问，警长。"

"你经常出去打猎吗？你的工作不是在法庭上为别人辩护吗？"

古塔多罗没有答话，只是尴尬地冲他笑了笑，蒙塔巴诺也微笑着回应了他，两人心里都明白对方的意思。这个律师根本就没出去打猎，在场的目击者和把信息告诉他的人必定是他那些委托人的朋友。古塔多罗的目的不过是制造一个蒙特鲁萨警察部门的丑闻。这个时候，蒙塔巴诺必须机灵一些，他并不想与这种人为伍。

"是这位古塔多罗先生让你打电话给我的吧？"蒙塔巴诺问齐托。

"嗯。"

因此，一切都明了了，他们以为蒙塔巴诺受了委屈，心里肯定想为自己报仇，于是便决定好好利用他。

"先生，你一定听说过这个案子已经不由我负责了吧？而且现在看来，案子应该也可以结了。"

"是这样没错，但是……"

"没什么但是，先生。如果你真的想履行作为一个公民的职责，你可以去找托马塞奥检察官，把你知道的都告诉他。我先走一步。"

蒙塔巴诺说完就转身走了出来，齐托赶紧追了出来，抓住了他的胳膊。

"你之前就知道！你知道鞋子的事情，所以你才让我问潘扎西武器是什么。"

"没错，尼科洛，我的确知道。但我建议你不要在你的节目里提这个，即便古塔多罗说的都是事实，我们也没办法去证实，所以你也得谨慎一些。"

"但你自己也说了那是事实啊。"

"尼科洛，你想想，我敢打赌，那个律师连毛里齐奥藏身的那个洞在哪儿都不知道，他只是一个木偶，线都在黑手党的手里牵着。他的黑手党朋友们发现有些情况不对劲儿，于是决定好好利用一番。他们已经把网撒好了，目的是将潘扎西、局长和托马塞奥检察官一网打尽，那样势必会引起巨大的轰动。但是，为了将网收回船上，他们得找一个足够有分量的人，也就是我，他们以为我已经被复仇的情绪冲昏了头。你现在把这个情况整明白了吗？"

"明白了，那我现在应该怎么跟那个律师回话呢？"

"就把我刚才的话再说一遍就行了，让他去找检察官说明情况，而他一定会拒绝那样做。这时候，就由你去把古塔多罗的话一字不落的转述给托马塞奥，他不是傻子，他一定会意识到自己已经处在危险之中了。"

"但检察官和毛里齐奥的死并没有关系呀。"

"但他已经签字起诉了毛里齐奥的父亲，如果那些人出面证明毛里齐奥根本没有藏身于他父亲在拉法达利地区的房子里，托马塞奥想自保的话就必须摆平古塔多罗和他的那群黑手党朋友。"

"怎么摆平啊？"

"我哪知道怎么摆平，那是他的事了。"

※

既然已经到蒙特鲁萨了，蒙塔巴诺决定去趟蒙特鲁萨中央警察局，只希望别在那里碰到潘扎西。他一到那儿就径直往取证小组所在的负一层走去，直接走进了组长的办公室。

"你好，阿克。"

"你好。"另一位冷冰冰地回道，"有什么事吗？"

"我只是从这边路过，然后对几件事有点儿好奇。"

"我忙着呢。"

"你是大忙人嘛，不过我就耽误你一分钟。我想了解一下毛里齐奥扔向警察的手榴弹的一些信息。"

阿克一动不动。

"我没有义务告诉你那些吧。"

蒙塔巴诺惊讶于自己当时的自制力。

"拜托，老兄，帮帮忙吧。我只要知道三件事：颜色、尺码和制造商。"

阿克一脸疑惑的表情，心想蒙塔巴诺是不是疯了。

"你到底在胡说八道些什么？"

"让我来帮你回忆回忆吧。黑色的还是棕色的？四十三码还是四十四码？莫卡辛？苏佩加？还是瓦雷泽？"

"你冷静一点。"阿克说道，决定赶紧想个办法应付这个疯子，"你跟我来。"

蒙塔巴诺跟着他来到一个房间里，里边放着一张白色半月形的大桌子，三个身穿工作服的人正在忙碌着。

"卡鲁阿纳。"阿克对其中一人说道，"你把那颗手榴弹拿给我的同事蒙塔巴诺看看。"

那人打开金属柜的时候，阿克继续说道。

"手榴弹现在已经被拆开了，刚拿过来的时候还是上着保险的，很危险。"

他接过卡鲁阿纳递过来的塑料袋，从里边把手榴弹拿出来给蒙塔巴诺看。

"这是个老式的OTO型手榴弹，一九四〇年开始在军队中使用。"

蒙塔巴诺一句话都没说，拿着那颗手榴弹认真地研究着，仿佛正在研究一个刚打碎的明朝花瓶一般。

"你们从上面提取到指纹了吗？"

"上面大部分指纹都是模糊的，但有两个毛里齐奥的指纹相当清晰，他右手的大拇指和食指。"

阿克将袋子放到桌上，然后把手放在蒙塔巴诺肩上将他推到了房间外的走廊上。

"对不起，是我的错，我不知道局长会把案子从你那里拿走。"

他认为蒙塔巴诺脑子不太正常是因为那件事给他造成了太大的打击，还特意跟他道歉来着，看来他本质上还是个不错的伙计。

※

阿克最后那段话毫无疑问是真诚的，蒙塔巴诺开车返回维加塔的路上想着，因为就连自己也不可能演得那么逼真。但一个人怎么可能单单用大拇指和食指去扔一颗手榴弹呢？按理说，阿克还应该从上面采集到右手掌的指纹才对。这样看来，快速特警队的人应该是将已死的毛里齐奥的手指按在了手榴弹上。一想到这里，他立刻掉转车头往蒙特鲁萨开回去。

12

　　"你来找我有什么事？"帕斯夸诺刚看到他走进办公室就问道。

　　"老朋友，我来和你叙叙旧啊。"蒙塔巴诺开口道。

　　"朋友？我们是朋友吗？我们一起吃过饭吗？你信任我吗？"

　　帕斯夸诺法医就是那个脾气，蒙塔巴诺警长也没怎么在意他的话，这就是他们之间的相处模式。

　　"好吧，虽然算不上朋友，但互相尊重还是有的吧。"

　　"嗯，算是吧。"

　　蒙塔巴诺果然没有猜错，他终于找到了一个好的切入点。

　　"你们对米凯拉还做了别的检查吗？有没有什么新的发现？"

　　"新的发现？我很久之前就告诉过检察官和局长了，依我个人看，我们可以将尸体还给死者的丈夫了。"

　　"哦，是吗？你看啊，是这样，死者的丈夫之前刚给我打了电话，他跟我说局长办公室打电话告诉他葬礼得等到周五早上才能举行。"

　　"那就是他们的事了，跟我没有半点儿关系。"

　　"不好意思呀，还得耽误你一会儿。毛里齐奥的尸体一切都正常吗？"

"你什么意思？"

"呃，他是怎么死的？"

"你这问题问得，他是被机关枪扫射而死的，整个人都快被机枪射成两半了，他们应该是排成一队突然向他开枪的。"

"他的右脚怎么样？"

帕斯夸诺皱了皱眉头。

"你为什么要问我他右脚的情况？"

"因为我觉得他的左脚没什么有意思的地方。"

"没错，他的右脚受伤了，不知道是扭伤还是别的，反正已经没办法把鞋子穿上了。他的脚伤是在他被杀前几天留下的，他的脸也因为受到某种重击整个都肿了起来。"

蒙塔巴诺吃了一惊。

"他被打了吗？"

"我不清楚。就脸上的伤和浮肿来看，要么是被人用木棒打过，要么是他自己撞上了什么东西。但不是警察干的，因为那些伤都是在他们找到他之前留下的。"

"是他的脚受伤那会儿留下的吗？"

"我猜测，差不多就是那个时候。"

蒙塔巴诺站了起来，朝法医伸出了手。

"谢谢，我要走了。最后一个问题，他们在第一时间告知你了吗？"

"告知我什么？"

“他们射杀毛里齐奥的方式。”

帕斯夸诺眯起了眼睛，看上去仿佛突然睡着了一般。他并没有立即回答警长的问题。

“你脑子里都在想些什么啊？他们早上六点开枪杀了那个孩子，直到快十点的时候才告诉我，他们说是因为自己先把那栋房子搜查了一遍。”

“最后一个问题。”

“又是最后一个问题，你还有完没完了？”

“他们把毛里齐奥的尸体交给你之后，快速特警队的人有没有单独验过尸体？”

帕斯夸诺一脸疑惑的表情。

“没有，他们为什么要那样做呢？”

※

蒙塔巴诺再次返回到自由频道电视台，他必须把这些最新发现告诉齐托。他估摸着那位古塔多罗律师现在应该已经离开了。

“你为什么又回来了？”

“等会儿再告诉你，尼科洛。你最后怎么把那位律师打发走了？”

“我就按你说的做了，建议他去找检察官，他说自己会考虑。然后，他说了几句非常奇怪的话，好像和任何事情都没有半点儿关系，让人捉摸不透。‘你多幸运啊，活在影像当中。在当下，只有影像才是最重要的，而并不是话语。’这就是他的原话，这话是什么意思？”

"我也不明白。你知道吗，尼科洛，他们手里竟然有那颗手榴弹。"

"我的天，也就是说，古塔多罗在说谎呗。"

"不，他说的是真的。潘扎西是个很精明的人，他掩饰得相当好。取证组拿到的那颗手榴弹是潘扎西给他们的，而上面有毛里齐奥的指纹。"

"天哪，这也太混乱了。潘扎西真是处处都在伪装啊，我该向托马塞奥检察官说什么呢？"

"就说我们之前商量好的，你得质疑手榴弹的存在，但不用表现得太过明显，明白吗？"

※

从蒙特鲁萨回维加塔，除了那条常走的路线，还有一条少有人走的道路，蒙塔巴诺倒是挺喜欢那条小路的，于是便把车往那条道上开去。开到一座小桥边时，他把车停了下来。小桥横跨小河两岸，几个世纪以前，下面还是奔流的河水，如今却只留下了河底的一块块石头。蒙塔巴诺从车里下来，走向灌木丛中间那颗巨大的撒拉逊橄榄树，在一根树枝上坐了下来，点了根烟，开始一件一件地梳理今天上午的那些事。

※

"米米，进来，把门关上，请坐。我想问你些事。"

"你说。"

"如果我从别人手里夺过一件武器，比如说一把左轮手枪或是一把冲锋枪，我会怎么处理它？"

"通常来说，你会将它交给那个离你最近的人。"

"你觉得我是在跟你开玩笑吗？"

"你是想问我按照规章制度该怎么办吗？缴获的武器必须立即上交给蒙特鲁萨中央警察局特定的办公室，他们会进行登记，然后锁在一个小储藏室里，就在取证室的另一端。这个回答可以吗？"

"很好。现在，米米，我试着将现场重现一下，如果有什么说得不到位的地方，你可以打断我。现在开始：潘扎西和他带的那群人正在搜查布拉斯工程师在乡村的那栋房子，提醒你一下，房子是被巨大的挂锁锁着的。"

"你是怎么知道的？"

"米米，不要随随便便打断我，一把挂锁又不是什么奇怪的东西，我就是知道门上挂着锁呢。接着说啊，然而，他们一群人以为那只是一个诡计，也就是说，他们认为布拉斯工程师放下了足够的食物之后就把他的儿子锁在了房子里，这样的话，从外面看上去房子里就好像没有人进去过一样，然后等风波平息之后，他就可以把儿子放出来了。突然，有个警察看到毛里齐奥从屋后的山坡上跑进了一个洞里，于是他们走过去把洞口包围了。毛里齐奥出来的时候手里拿着个东西，有个警察一紧张就把他射杀了。而那可怜的家伙手里拿的只不过是自己右脚上的一只鞋而已，因为他的右脚受伤无法穿鞋，当他们意识到这一点的时候……"

"你是怎么知道的？"

"米米，如果你再这样的话，我可就不给你讲这个故事了。

当他们发现那只是一只鞋的时候，他们知道自己闯祸了。欧内斯托·潘扎西队长和他手下那六个龌龊的人渣的惊人壮举一旦被曝光，他们就完蛋了。冥思苦想了良久，他们意识到自己唯一的出路就是一口咬定毛里齐奥手里确实拿着武器。好吧，那这样的话，他手里拿的是什么呢？我们快速特警队队长在又一轮的头脑风暴过后想到了一个主意——一颗手榴弹。"

"为什么不是一把枪呢？那个可能性不是更大一些吗？"

"你看吧，米米，你还必须得承认，你和潘扎西真的不是一个档次的。潘扎西知道，布拉斯工程师是没有持枪许可的，也从来没有报告过自己家里有任何武器。但如果是战争遗留下来的，或是其他藏在阁楼里被遗忘的一些东西，就你每天都看到的那些，就不能算作是武器了。"

"我能插句话吗？一九四〇年的时候，布拉斯工程师还是个五岁的小孩，就算是打仗，用的也是玩具枪吧。"

"那他的爸爸呢，米米？或者是他叔叔？表兄？爷爷？曾祖父？他的……"

"行了，行了。"

"现在的问题是，那个战争遗留下来的手榴弹是从哪里找来的？"

"在蒙特鲁萨中央警局的储藏室里呗。"米米·奥杰洛镇定地回答道。

"没错，时间也刚好对上了，因为他们在毛里齐奥死后四个小时才通知帕斯夸诺法医。"

"你是怎么知道的？哦，对不起。"

"你知道那间储藏室由谁负责吗？"

"知道，那个人你也认识，内内·洛法罗，他和我们共事过一段时间。"

"洛法罗？如果我没记错的话，他应该不是那种很好说话的人吧，并不是只对他说一句'把钥匙给我，我要拿个手榴弹'，他就真能让你拿走的。"

"我们必须去查清楚到底是怎么回事。"

"米米，你得去一趟蒙特鲁萨，我不方便出面，因为我现在已经成了众矢之的了。"

"好。对了，萨尔沃，我明天可以请一天假吗？"

"又要去跟妓女鬼混吗？"

"不是妓女，是我的一个女性朋友。"

"那你就不能晚上去找她？就不能先把这边的事情处理完再去？"

"她说她明天下午就要走了。"

"呃，是个外国人？好吧，那就祝你好运了。但你必须先把手榴弹这档子事弄清楚了。"

"你放心，我吃完饭就去蒙特鲁萨。"

※

蒙塔巴诺原本还想去安娜家里待上一会儿，但车子刚开过桥又改变主意决定不去了，于是径直开回了家。

在信箱里，他发现了一个大的棕色信封，对折后才勉强放进箱子里，信封上也没留下回信地址。蒙塔巴诺感觉有些饿了，于是打开冰箱，却发现冰箱里只有一份爆炒小章鱼和一份新鲜的番茄酱，做得这么简单，看来阿德莉娜今天没有时间或者是没什么心情啊。蒙塔巴诺准备煮点儿意大利面，烧水期间，他拆开了那个大信封。拿出来一看，全是黄色录像的广告，蒙塔巴诺瞄了一眼就撕成两半扔进了垃圾桶。他吃完饭后走进了浴室，准备洗澡，但刚进去就出来了，裤子拉链还开着，仿佛电影默片中的一个喜剧角色一般。自己之前为什么没想到这一点呢？难道是刚才的黄色小册子给了自己灵感？于是，蒙塔巴诺开始在蒙特鲁萨电话本中寻找一个电话号码。

"喂，你好，古塔多罗先生吗？我是蒙塔巴诺警长。你现在正在吃饭吗？哦，不好意思，打扰你了。"

"你有什么事吗，警长？"

"我的一个朋友跟我说了很多，都是关于那件事情始末的，他跟我说你收藏了很多录像，你自己打猎的录像。"

电话那头停顿了很长一段时间，显然，这位律师的脑子正在飞快地运转着，思考着警长话里的含义。

"嗯，对，没错。"

"可以给我看看吗？"

"你知道，我是个很挑剔的人，尤其是对我个人的东西，但想想我们可以做个交易。"

"我就等你这句话呢。"

他们像好朋友一样友好地说完再见后挂断了电话。现在，发生的一切都很明朗了：古塔多罗的朋友们当时恰巧看见了毛里齐奥被杀的过程，而当他们看到当中有个警察开着警车匆匆离开的时候，他们就意识到潘扎西正在秘密策划着什么，以便保住自己的面子和事业。于是，他们派了个人回去把摄像机拿来了，刚好拍下了警员们将已死的毛里齐奥的指纹印在那颗手榴弹上的画面。现在，古塔多罗的朋友们手里的录像带就成了他们的筹码，律师只不过是他们派来谈判的工具，蒙塔巴诺必须想办法摆脱这个艰难的处境。

※

"迪·布拉斯先生吗？我是蒙塔巴诺警长，我有些事想跟您谈谈。"

"什么事？"

"您儿子的案子存在很多疑点。"

"他已经死了。"

"没错，先生，但您也不希望以后人们回忆起他时就把他当作杀人犯吧？"

"你想知道什么？"

回答有气无力，像行尸走肉一般。

"我半个小时之内就去找您，我们当面谈。"

※

当他看到安娜给他开门的时候，他震惊了一下。

"说话的时候声音小点儿，布拉斯太太好不容易才睡下。"

"你怎么在这儿？"

"是你把我牵扯进来的啊，而且我也不忍心让她一个人待着。"

"一个人？难道没请护工吗？"

"请了，但她希望我留下来陪她。进来吧。"

客厅比蒙塔巴诺上次来的时候还要昏暗，当他看到奥雷利奥虚弱地躺在摇椅里的那一瞬间，他的心抽搐了一下。虽然闭着眼睛，但他感受到了警长打量他的眼神，于是开口道："你想知道些什么？"声音里满是恐惧，毫无生气。

蒙塔巴诺解释了自己的来意，他一直说了半个小时，渐渐地，奥雷利奥坐直了身子，眼睛也开始看着他，竖起耳朵颇有兴趣地听着。蒙塔巴诺知道自己已经成功打动了他。

"快速特警队的人有您乡下那栋房子的钥匙吗？"

"有。"这次的声音终于有了些起伏，也坚定了许多，"但前段时间我又重新配了一把，毛里齐奥放在了他的床头柜上，我去给你拿。"

他吃力地从摇椅上站起来，蒙塔巴诺上前扶了他一把。

※

蒙塔巴诺风风火火地回到局里。

"法齐奥、加洛、贾隆巴尔多，你们三个跟我来。"

"要开警车吗？"

"不用，开我的车。米米回来了吗？"

见他还没回来，他们匆匆离开了。法齐奥从来没见过蒙塔巴诺开那么快，他的心都提到嗓子眼了，因为他对蒙塔巴诺的开车技术实在是没什么信心。

"要我来开吗？"问话的是加洛，显然，他和法齐奥有同样的担忧。

"少废话，我们的时间不多。"

大约二十分钟后，他们从维加塔开到了拉法达利，刚出城他就把车子拐上了一条乡村小道。因为布拉斯先生跟他详细说明了通往那栋房子的路线，再加上他们在电视上也看过好几次，所以他们几个人很容易就找到了。

"这是钥匙。"蒙塔巴诺吩咐道，"我们现在进去把房子彻底搜查一遍，天黑之前还有几个小时，我们必须充分利用这段时间。我们必须在天黑前找到我们想要的东西，因为我们不能开灯，不然就暴露了。明白吗？"

"明白。"法齐奥说道，"但我们要找的东西是什么？"

警长告诉了他们，随后补充道："我希望我猜错了。"

"我们会留下指纹的。"贾隆巴尔多担心地说道，"我们都没戴手套啊。"

"管他什么指纹。"

※

不幸的是，一切都如警长所料。他们搜了一个小时之后，加洛在厨房里兴奋地叫了他一声，于是，所有人都聚集了过来。加洛从椅子上下来，手里拿着一个皮革弹药箱。

"这是在这个柜橱上发现的。"

警长打开箱子，里边真有一颗手榴弹，和他在取证室看到的一模一样，此外还有一把手枪，看上去像是当年德军的配备枪。

※

“你们都去哪儿了？这箱子里装的是什么？”米米好奇地问道。

“你先说说你有没有什么发现？”

“洛法罗请了一个月的病假，半个月前由一个叫库利奇亚的人来代班。”

“我知道这个人。”贾隆巴尔多说道。

“他是个什么样的人？”

“他肯定不是那种能静下心来坐在办公室里做做记录的人，为了参与实战工作，他甚至可以出卖自己的灵魂，他的确是想以此做出一番事业的。”

“他已经出卖了自己的灵魂。”蒙塔巴诺说道。

“这里边到底有什么秘密？”米米问道，他比之前更加好奇了。

“少安毋躁，米米。你们所有人听着，库利奇亚什么时候下班来着？八点，对吗？”

“没错。”法齐奥应道。

“库利奇亚下班离开蒙特鲁萨中央警局的时候，法齐奥和贾隆巴尔多，你们去说服他，把他带到我车上，什么都不要跟他解释，就让他一直猜好了。他在车里坐下后，你们把弹药箱拿给他看，当然，他之前肯定没见过那玩意儿，所以他一定会问你们到底在跟他玩什么哑谜。”

“拜托，你们有谁能告诉我里边装的是什么吗？”米米忍不住又问了一次，但还是没有人回答他。

"他怎么会认不出来那个弹药箱呢？"

问问题的是加洛，警长听到后直接给了他一个白眼。

"你们难道都没长脑子吗？你们想想，虽然毛里齐奥脑子不太好使，但他至少是个作风正派的人，他的朋友当中肯定不会有人随随便便就可以拿出武器交给他，所以，他那颗手榴弹一定是在他家乡下的房子里找到的。但快速特警队必须拿到证据证明他是从那儿拿到的手榴弹，所以潘扎西这老狐狸就命令手下去蒙特鲁萨弄了两个手榴弹和一把战时用的手枪，对外宣称毛里齐奥拿着其中一颗威胁他们，另外一颗和那把手枪则留在自己手里。直到后来，他们想到了可以将手榴弹和手枪装在弹药箱里，于是又偷偷潜入拉法达利的那栋房子，把他手里的一套家伙全都藏在了那儿，这样一来，案发后别人首先会想到去那里搜查，他的计谋也就得逞了。"

"所以说，箱子里装的就是那玩意儿啊。"米米拍了下脑门，一脸恍然大悟的表情。

"总而言之，该死的潘扎西自己导了这么一出看似可以瞒天过海的大戏。如果有人问他为什么第一次搜查没有找到其他武器时，他一定会说是因为看见毛里齐奥往山洞跑，他们的搜查被打断了。"

"真是个混蛋。"法齐奥愤然说道，"他先是杀害了一个无辜的孩子，即便不是他自己开的枪，但作为队长，他有不可推卸的责任，现在又在这里扭曲事实，陷害一个可怜的老人，只是为了留住自己的面子，真是可笑。"

"还是说说你们该怎么做吧。当库利奇亚问过问题之后，你们等一会儿后告诉他，这个弹药箱是在布拉斯先生在拉法达利的房子里找到的，然后让他看看里面的手榴弹和手枪。之后，你得装出一副好奇的样子，问问他是不是所有上交的武器都认真登记过了。最后，你带上武器和弹药箱和他一块儿下车。"

"就这些？"

"你要做的就这些，法齐奥，接下来的就该交给他了。"

13

"长官，加鲁佐打电话来了，他想跟您本人说话，我该怎么做，把电话接进来吗？"

看来坎塔雷拉完成了培训，下午就来上班了。

"好的，把电话转给我吧。"

"加鲁佐，怎么了？"

"长官，维加塔卫视照您说的在报道中把毛里齐奥和立卡兹太太的照片放在了一块儿，然后就有人打电话过来了。他说他确定自己在那晚十一点半左右看见了立卡兹太太和一名男子，但那名男子并不是毛里齐奥。他还说当时他们就在他的酒吧，位置在蒙特鲁萨郊外。"

"他确定是在周三晚上吗？"

"确定。他解释说自己周一周二出城了没在酒吧，周四酒吧没有营业，所以肯定是周三。他把自己的名字和地址留下了，接下来我该怎么做，回警局吗？"

"不，你继续留在那儿，晚八点新闻过后可能还会有人打电话过去。"

办公室的门嘎地被打开了，随后又砰的一声关上了，警长极其不悦地抬起头。

"我可以进来吗？"坎塔雷拉笑呵呵地问道。

看来坎塔雷拉真的和这扇门有仇啊，蒙塔巴诺看着他一脸无辜的表情，火气瞬间消了一大半。

"进来吧，有什么事？"

"这个包裹是给您的，还有这封信。"

"你的计算机课上的怎么样？"

"挺好的，长官。"

蒙塔巴诺惊讶地看着他离开办公室，他们让坎塔雷拉变得不一样了。

拆开信封，上面只有几行机打的字，没有署名。

　　这只是最后一部分，希望你会喜欢。如果想看到完整的录像，你随时可以给我打电话。

蒙塔巴诺摸了摸那个包裹，里面是盘录像带。

※

因为自己的车被法齐奥和贾隆巴尔多开走了，蒙塔巴诺只能让加洛开着警车送他一程。

"我们要去哪儿？"

"去蒙特鲁萨，自由频道电视台。不要开太快，我是认真的。我可不想跟那个周四一样再出什么事故。"

加洛的脸色瞬间就不好看了。

"哎呀，就发生了那么一次，您从上车之后就一直抱怨到现在，至于吗？"

之后，两人再也没有对话，加洛安静地开着车。

"我要在这里等着您吗？"到了之后，加洛问道。

"等着吧，用不了多久。"

尼科洛把他带到了办公室，蒙塔巴诺现在感觉有些紧张了。

"你和托马塞奥检察官谈得怎么样？"

"你觉得还能怎样？他把我狠狠地批了一顿，恨不得把我活剥了。他还问了目击者的名字。"

"那你怎么跟他说的？"

"我用第五修正案[1]作为辩护来着。"

"拜托，意大利根本就没那玩意儿好不好。"

"幸好在意大利不好使，听说在美国，以第五修正案作为辩护理由的一般都不好使。"

"他听到古塔多罗的名字后有什么反应？那些话应该会起到一些作用吧？"

"他完全慌了，很担忧地看着我，最后郑重地警告我，如果还有下一次，绝对会毫不犹豫地把我送进监狱。"

"这才是我想要的答案。"

"你就这么希望我被关进监狱呀？"

---

1 《美国宪法第五修正案》保护证人免于被迫提供自证其罪的证词。如果当事人提出"以第五修正案作为辩护理由"，那他就是在避免出现自证其罪的现象。

"不是这个，你个傻帽。我是说终于让他知道古塔多罗以及他的那帮黑手党朋友都掺和到这个案子中了。"

"你觉得托马塞奥检察官下一步会怎么做？"

"他应该会向局长汇报这件事情，然后他们都会意识到自己已经落入了黑手党撒好的网，接下来要做的就是尽力摆脱这个困境。尼科洛，我想看看这个录像。"

蒙塔巴诺把录像带递给他，尼科洛接过后放进了他的录像机里。画面一开始是远景镜头，只能看出来那是在乡下，有几个人影，因为距离太远，所以看不清他们长什么样。两个穿着白色工作服的人把一个人抬到了担架上，画面底部明确地标着录像时间——一九九七年四月十四日，星期一。然后，摄像的人把镜头拉近了些，现在已经可以看清楚潘扎西和帕斯夸诺法医在说话，但是听不到任何声音。他们握了握手，然后法医离开了。随后，镜头突然转到了快速特警队的六名警员身上，他们正围着他们的队长，潘扎西和他们说了几句话，之后他们都走开了。录像到这里就结束了。

"混蛋。"齐托小声地咒骂了一句。

"给我留个备份。"

"我在这儿弄不了，得去制作室。"

"行，你去吧，但是小心点儿，千万别让任何人看见这个视频。"

　　我看了你寄来的样品，对我一点儿吸引力都没有，还给你任你处置吧。不过我建议你还是尽早销毁为好，就算要利用，也千万别被人发现了。

蒙塔巴诺没有在便条上签名，也没写地址，因为从那天的电话里他就知道这个录像带是谁寄来的了。

齐托回来了，把两份录像带交给了他。

"这是原件，这是复制的那份，效果很一般，你知道，因为原件本身也是个复制品，所以……"

"行了，我又不是拿它去参加奥斯卡。给我个大信封。"

蒙塔巴诺把备份的录像带放进了口袋，把原件和那张便条装进了信封，信封上也没写地址。

加洛坐在车里，手里拿着一份《米兰体育报》看着。

"你知道协力路怎么走吗？协力路十八号是奥拉齐奥·古塔多罗的律师事务所，我想让你跑一趟，把这个信封送过去，然后再回来接我。"

※

法齐奥和贾隆巴尔多精疲力尽地回到局里的时候，已经是晚上九点多了。

"长官，我们刚刚经历了一场闹剧，也可以说是一场悲剧。"法齐奥说道。

"他说什么了？"

"他只是刚开始说了几句，后来就没再说话了。"贾隆巴尔多答道。

"我们把弹药箱拿给他看，他一脸懵，他问我们这是什么，是不是在跟他开玩笑，还说我们是在捉弄他。后来听贾隆巴尔多说这个箱子是在拉法达利地区发现的，他的脸色立刻变了，变得苍白。"

"然后，在他看到里面的武器之后，"贾隆巴尔多也加入到了解说的行列，好像生怕他的那份功劳被掩盖了一样，"他大吃了一惊，那样子看上去就像会当场突发脑溢血一样。"

"他浑身都在发抖，像得了疟疾一样，然后起身从我身上爬了过去，急匆匆地跑了。"法齐奥说。

"像只受了伤的野兔子一样，踉踉跄跄的。"贾隆巴尔多总结道。

"那我们现在该怎么办？"法齐奥问道。

"这动静已经够大了，我们等回音就好了。辛苦你们了。"

"应该的。"法齐奥冷冷地答道，随后又补充了一句，"这个弹药箱放哪儿？放保险柜吗？"

"可以。"蒙塔巴诺回答道。

法齐奥办公室里有一个相当大的保险柜，里边放的并不是文件，而是收缴上来的一些毒品或武器，在上交给蒙特鲁萨之前，这些东西都暂时存放在那个保险柜里。

※

不知不觉，他感到一种从未有过的疲惫感，想想自己也是快满四十六岁的人了。他跟坎塔雷拉打了声招呼说自己要回家了，如果有电话打来就直接给他打电话。过了桥，他把车停在了路边，下车朝安娜家走去。会不会有其他人在呢？不管怎样，蒙塔巴诺还是试着摁下了门铃。

安娜问候了他。

"进来吧。"

"有客人吗？"

"没有。"

她让他坐在沙发上看电视，调低了点儿音量，随后就出去了，回来的时候手里端着两个杯子，一杯是给警长准备的威士忌，另一杯是给自己准备的白葡萄酒。

"你吃了吗？"

"没有。"安娜答道。

"你从来都不吃晚餐吗？"

"我一般吃完午餐之后就不太吃东西了。"

安娜说着在警长旁边坐下了。

"别靠我太近，我自己都能闻到身上的汗臭味儿。"蒙塔巴诺说。

"今天下午很忙吗？"

"事儿很多。"

安娜靠在沙发上，胳膊也伸展着随意搭在上面，蒙塔巴诺也把头往后靠去，他的后脑勺刚好枕在安娜的胳膊上。他刚闭上眼睛就睡着了，幸好他已经把杯子放在桌子上了，不然可得洒自己一身。他突然醒来已经是半个小时以后了，疑惑地看了下四周，他忽然意识到自己还枕在安娜的手臂上，于是尴尬地坐了起来。

"那个，不好意思啊。"

"你醒啦，太好了，不然我的胳膊就抗不住了。"

警长随即站起身。

"我得走了。"

"我送你出去。"

在门口，安娜很自然地亲了下蒙塔巴诺。

"晚安，萨尔沃。"

※

蒙塔巴诺回到家后冲澡冲了很长时间才出来，把脏衣服都换下了，出来后打了个电话给利维娅。电话响了很长时间都没人接，随后信号突然断了，看来她又把电话线拔了。这个女人到底在干什么？还在为弗朗瓦索的事情伤心吗？现在太晚了，也不能给她的朋友打电话问问她最近的情况。他无奈地走到阳台上坐了下来，思索了一会儿，他决定，如果自己在接下来的四十八小时之内还联系不上利维娅的话，他就抛下手头的一切，飞往热那亚，至少陪她待上一天。

※

这时，电话铃声突然响了，蒙塔巴诺飞快地从阳台跑过去，他心想，一定是利维娅给他回电话了。

"喂？请问是蒙塔巴诺警长吗？"

他之前听到过这个声音，但已经想不起这个人是谁了。

"我是，你是哪位？"

"我是欧内斯托·潘扎西。"

看来是他们制造的动静有回音了。

"有什么事？"

蒙塔巴诺也懒得管他们是不是熟悉了，反正这个时候也没必要在乎这些虚礼了，所以他直奔主题了。

"我想和你当面谈谈，现在可以过去找你吗？"

他并不想在自己家里见潘扎西。

"还是我去找你吧，你住哪儿？"

"皮兰德娄酒店。"

"我现在就过去。"

※

潘扎西在酒店住的房间差不多有一个舞厅那么大，除了一张特大双人床和一个大衣橱，还有两张单人沙发和一张大桌子，桌子上面放着电视机和录像机，另外，房间里还有一台小冰箱。

"因为我家人还没搬到这边来，所以我只好先一个人住酒店了。"

那样至少他们不用搬两次家了，警长心想。

"不好意思，我想上个厕所。"

"你放心吧，浴室里没人。"

"我是真的想尿尿。"

像潘扎西这样的老狐狸根本不能轻信。蒙塔巴诺从卫生间回来后，潘扎西请他坐在了沙发上。这位快速特警队的队长虽然长得敦实，但也算得上是个优雅的男人，有一双淡蓝色的眼睛，留着八字须。

"你想喝点儿什么吗？"

"不用了。"

"那我们就直奔主题吧？"潘扎西问道。

"随你。"

"是这样，晚上有个警员来找过我，他叫库利奇亚，我不知道你认不认识这个人。"

"我不认识这个人，但知道这个名字。"

"他来的时候完全被吓傻了，很显然，是因为你们局里的两个人威胁过他。"

"这是他说的？"

"我是这样理解的。"

"那恐怕你理解错了。"

"那你说来听听啊。"

"现在已经很晚了，我也有点儿困，就不跟你废话了。我去过布拉斯先生在拉法达利的那栋房子，四处看了看，然后轻轻松松就找到了一个弹药箱，里边装着一颗手榴弹和一把手枪，弹药箱现在已经被锁在我的保险柜里了。"

"天哪，你没有获得许可怎么能这么做。"潘扎西激动地说道，人也从沙发上站了起来。

"你思考的方向错了。"蒙塔巴诺镇定地回答他。

"你这是在隐藏证据。"

"我说了，你方向错了，如果你想一直跟我说什么许可不许可的，我可没空搭理你。"

潘扎西迟疑了一会儿，似乎是在权衡其中的利弊，然后重新坐了下来。看来第一局就出师不利呀。

"你应该感谢我才对呀。"警长继续说道。

"谢你什么？"

"谢谢我把弹药箱带出来了。你是想用那个证明毛里齐奥是在那里找到的手榴弹，对吗？但你有没有想过，如果取证组在上面没有找到毛里齐奥的指纹，你该怎么解释呢？难道说，毛里齐奥戴着手套？到时候只会是一个大笑话。"

潘扎西一言不发，眼睛死死地盯着警长的双眼。

"我可以接着说吗？你的第一宗罪……呃，不不不，怎么能是罪呢，应该说第一个错误。你的第一个错误是，在你还没确定毛里齐奥的罪行时就已经开始追捕他了。后来，你又不惜一切代价希望完成一次'完美'的抓捕行动，于是，一切都按照你的计划发展着，你终于松了一口气。只可惜，你的手下把一只鞋子错当成了武器，开枪把毛里齐奥杀了，而你为了保护自己的手下，刻意捏造出手榴弹这么一出，同时，为了让你的故事更加可信，你又找来一个弹药箱，放在了布拉斯先生的房子里。"

"这只不过是你一个人的说辞而已，如果你把这些都告诉局长，我敢保证他一个字都不会信。你传播这些谣言不过是想败坏我的名声，因为当初是我把案子从你手上抢过来了，你就想借机报复我。"

"是吗？那你打算怎样处置库利奇亚呢？"

"他明天上午会来我办公室，我会给他一笔钱。"

"那如果我把武器交给托马塞奥检察官的话，不知道会怎么样呢？"

"库利奇亚会说那天是你找他拿了储藏室的钥匙，他已经跟我发过誓了。你想想看，他也要自保嘛，然后我就给了他这么一个小建议。"

"这么看来是我输喽？"

"好像是这样。"

"这个录像机能用吗？"

"可以啊。"

"那你把这个录像带放出来看看吧。"

蒙塔巴诺从口袋里拿出录像带交给了潘扎西，他一句话没说就放进了录像机。电视上出现了录像中的画面，潘扎西从头到尾认真看了一遍后，把录像带取出来还给了蒙塔巴诺，随后坐下把之前抽了一半的托斯卡纳雪茄点上了。

"这只是最后一部分，完整的录像带已经和武器一块儿放在保险柜里了。"蒙塔巴诺撒谎了。

"你是怎么做到的。"

"这个录像并不是我自己录的，有两个人恰好目睹了整个事情的经过，并且用录像记录了下来，他们都是古塔多罗的朋友，就是那个律师，我想他的名头你已经很熟悉了吧？"

"事情发展到这一步，真是太出人意料了。"

"可能比你想象中的还要更糟吧，你现在就夹在我和他们中间。"

"我想说的是，他们的意图我很清楚，但你的目的我就不那么明白了，怎么看都像是在报复我。"

"那麻烦你想想我的立场。不管在任何情况下，我总不能让堂堂蒙特鲁萨快速特警队的队长沦为黑手党的人质吧？我总不能眼睁睁地看着你被他们敲诈勒索吧？"

"好吧，蒙塔巴诺，实话告诉你吧，我想做的不过是维护我手下一群人的名声，如果媒体发现我们误杀了一个手里只拿了一只鞋子自卫的人，你都无法想象后果会怎么样。"

"难道这就是你把毛里齐奥的父亲牵扯进来的理由吗？他跟这个案子可是半点儿关系都没有。"

"他是和案子没有关系，但他和我的计划有关。至于被敲诈勒索嘛，我知道怎样自卫。"

"你当然知道如何自卫了。你可以一直抵抗下去，但那样的日子不会好过吧？而且，想想库利奇亚和你手下那六个人，每天面临巨大的压力，他们又能抵抗得了多久呢？只要一个人失控了，你的整个故事就曝光了。或者，我跟你说说另外一种情况：黑手党已经厌倦了你一味的拒绝和抵抗，于是直接把录像带公之于众或是寄给了某个电视台，那时候，即便冒着蹲大牢的风险，记者们也一定会抢先把这个爆炸性新闻发布出去。到了那个时候，局长也不会有好下场吧？"

"那我应该怎么做？"

蒙塔巴诺欣赏地看了他一眼，潘扎西虽然是个冷酷无情、不择手段的好手，但他知道自己什么时候应该低头认输。

"你必须想办法让他们手里的武器失去利用的价值。"说完这句话，他忍不住又加了句，"他们手里握的可不是一只鞋子。"但话一出口就后悔了。于是又接着说道："今晚你就去找局长把

172

话说清楚，和他商量出个解决对策。但我警告你，如果你明天中午十二点之前还没采取任何行动的话，我就要按我自己的方式采取行动了。"

蒙塔巴诺说完就站起身，开门离开了。

※

"按自己的方式采取行动。"这话说得好听，还挺有威慑力的。不过他到底是什么意思呢？如果自己说服了局长站在自己这边，那么那该死的蒙塔巴诺一定会去找托马塞奥检察官，想办法让他加入自己的阵营。要是蒙特鲁萨所有人都倒戈了怎么办？虽然蒙塔巴诺令自己反感，但他的品行和正直还是很多人认可的。

蒙塔巴诺带着满脑子的疑惑回到了马里内拉。他以这种方式和潘扎西谈话行得通吗？局长会相信自己不是出于打击报复的目的吗？想了这么多，他还是拨通了利维娅的电话，和前几次一样，没人接。于是，蒙塔巴诺上床睡觉了，他躺在床上翻来覆去，过了近两个小时才睡着。

14

蒙塔巴诺一副神经衰弱的样子走进办公室，他的手下都觉得今天最好还是不要招惹他。有句谚语是这样说的："床是世界上最好的东西，即使睡不着还可以休息。"但现在看来，根本不是那么回事儿，因为警长时睡时醒，早上起来就像跑了场马拉松一样，根本没休息好。

这个时候，只有平时和他最亲近的法齐奥冒险问了句："有什么新进展吗？"

"过了十二点我才能告诉你。"

这时候，加鲁佐进来了。

"长官，昨天我满世界找您都没找到。"

"你怎么不去天上找呢？"

加鲁佐意识到，这时候千万不能跟他说废话。

"长官，八点档新闻过后，有人打电话来了。他说那个周三晚上，大概八点，最迟不会超过八点十五的时候，立卡兹太太去他的加油站加过油，他把自己的名字和地址都留下了。"

"知道了，我们等会儿开车过去看看。"

他这会儿精神高度紧张，手上的文件根本看不进去，一个劲儿地盯着手表上的时间。如果到了十二点蒙特鲁萨那边还没有来电话，他该怎么办呢？

十一点半的时候，电话响了。

※

"长官，"格拉索说，"是齐托记者。"

"把电话转给我吧。"

这时候，蒙塔巴诺并不知道发生了什么。

"当当当……当当当……"

"尼科洛？"

"意大利众兄弟，看祖国正奋起……"

齐托用他高亢的声音唱起了意大利国歌。

"拜托，尼科洛，我可没心情跟你开玩笑。"

"我没跟你开玩笑。几分钟之前，我收到了一份新闻稿，想念给你听听。都是关于你的消息，我们台、维加塔卫视和其他五家报社都收到了，你坐好哦，我怕你太激动。我要念喽。"

蒙特鲁萨中央警察局局长办公室

由于个人原因，欧内斯托·潘扎西请求辞去快速特警队队长一职，他的请求已经获得批准。潘扎西队长空出的职位将由安塞尔莫·伊勒拉先生暂代。由于立卡兹女士谋杀案出现了一些出人意料的新进展，决定先恢复维加塔警局萨尔沃·蒙塔巴诺警长对该案件的调查权，负责继续跟进案情发展。

博内蒂·阿德里奇

蒙特鲁萨中央警局局长

"我们赢了，萨尔沃！"

蒙塔巴诺向他的朋友表达了感谢，然后就挂断了电话。他并没有觉得有多开心，不过刚才的紧张感已经消散了，毕竟他已经得到了自己想要的答案。但他仍然提不起精神，心里有种深深的不安。他在心里把潘扎西狠狠地咒骂了一顿，并不是因为他做的那些事，而是因为他这次把自己逼到这个份儿上。以后，他不得不面对公众办事，这让他相当苦恼。

这时候，门被推开了，所有人都涌进了他的办公室。"长官，"加鲁佐开口说道，"我妹夫刚刚打电话说，维加塔卫视刚刚接到了一份新闻稿，他说……"

"我知道了，刚刚已经得到消息了。"

"我们得去买一瓶起泡酒好好……"

看到蒙塔巴诺盯着自己的眼神，贾隆巴尔多吓得话都没说完。不一会儿，所有人都慢慢走了出来，嘴里还小声咕哝着："长官这是什么臭脾气……"

※

托马塞奥检察官没有勇气直接面对蒙塔巴诺，于是一直低着头假装看文件。警长心想，检察官那一刻一定希望自己看起来像个喜马拉雅雪人，用络腮胡子把自己的整张脸都遮住，只可惜托马塞奥检察官的胡子根本没那么长。

"警长，你必须明白，关于撤销对布拉斯先生持有武器的指控，这个完全没问题，我也已经联系了他的律师。但要撤销他是共犯的指控恐怕没那么简单，你也知道，毛里齐奥在米凯拉谋杀案中自认是有罪的，除非找到足够证据证明他无罪，否则我没有权利……"

"这样的话，那我就先走了。"蒙塔巴诺说完就起身朝外走去。

托马塞奥检察官赶忙追了出来，沿着走廊一路小跑跟着蒙塔巴诺。

"警长，等等。我想澄清一下……"

"没有什么需要澄清的，检察官先生。您和局长谈过了吗？"

"我们今天早上八点见过了，详谈了很久。"

"那您一定已经听到了很多对您来说无关痛痒的细节吧？比如说，立卡兹太太谋杀案的整个调查过程就像厕所清理一般，而小布拉斯先生百分之九十九是无辜的，但他却被误杀了，整个过程跟屠宰一头猪没什么区别，所有真相都被潘扎西掩盖了。您没有特权解除对布拉斯先生的指控，那对于直接策划把武器藏在布拉斯先生屋子里的潘扎西，您难道也没有权利提起诉讼吗？"

"潘扎西队长的情况我正在调查。"

"很好，那您可要调查清楚了。但您也注意把握好度，别让您身边的人把结果传出去了。"

托马塞奥听到这话马上就要爆发了，但重新考虑了一下，最后还是忍住没答话。

"问您个问题啊，因为我实在是好奇。"蒙塔巴诺说道，"为什么还没把立卡兹太太的尸体交还给她丈夫呢？"

听到这话后，检察官更加尴尬了，他的右手紧紧地握成了拳头。

"呃，这个…对了，这是潘扎西队长的主意。他跟我说，公众舆论……哎呀，简单来说，刚刚发现了一具尸体，然后毛里齐奥又死了，随后先是立卡兹太太的葬礼，接着又是毛里齐奥的葬礼，呃……你还不明白吗？"

"不明白。"

"还是将两场葬礼分散开比较好，时间一久……那个，公众的心理压力也可以得到一定的缓解，围观的群众也……"

检察官还在继续说着他们那套理论，蒙塔巴诺却不想再听下去，人已经走到走廊的尽头了。

※

从法院大楼出来已经是下午两点了，蒙塔巴诺没有直接回维加塔，而是把车开上了由恩纳去往巴勒莫的路。加鲁佐已经跟他详细说了那个加油站和酒吧餐厅的位置，都是米凯拉遇害前去过的地方。加油站离蒙特鲁萨只有三公里，但现在关着门，蒙塔巴诺咒骂了一声，不得不前往下一个地点。他又开了两公里，在他左手边看到了那家餐厅的标志——卡车司机酒吧。这时，左手边逆向车道迎面驶来的车一辆接一辆，蒙塔巴诺耐心地等着，希望有个好心的司机能让他先转个弯，但看起来根本没戏。于是，蒙塔巴诺直接把方向盘往左边一打，瞬间引起了周围的一片混乱，刺耳的刹车声、汽车的喇叭声、司机的咒骂声和辱骂声全都混杂在一起，蒙塔巴诺却淡定地把车开进了酒吧的停车场。

餐厅内用餐的人很多，蒙塔巴诺直接朝收银台走去。

"我想找格兰多·阿格诺先生。"

"我就是，您哪位？"

"我是蒙塔巴诺警长，你给维加塔卫视打电话说……"

"拜托，您就不能挑个好点儿的时间过来吗？您没看见我这会儿都忙成什么样了吗？"

蒙塔巴诺突然想到了个绝妙的主意。

"你这儿的菜味道怎么样？"

"看到那些坐那儿吃饭的人了吗？他们都是卡车司机，像他们这种到处跑的人选的餐馆还会有错？"

蒙塔巴诺已经吃完饭了，事实证明这主意算不上绝妙，只能说还不错，菜的味道一般，没什么新意。饭后，他又喝了点儿咖啡和茴香酒，这时，那个收银员找了个男孩儿替他，自己朝蒙塔巴诺走来。

"现在我们可以谈谈了。"他说，"我可以坐下吗？"

"当然。"

格兰多又思索了一下。

"我们还是换个地方谈比较好。"

他们一同走出了餐厅。

"是这样，周三晚上，大概晚上十一点半，那时我就站在这里抽烟，然后就看见一辆'丽人行'从那条路上开了过来。"

"你确定吗？"

"我以性命担保，那辆车刚好就停在我身前，坐在驾驶座上的那位女士走了下来。"

"这回也敢以性命担保你看到的就是电视上的那个女人吗？"

"警长，您想想看，那么漂亮的一个女人，想要弄错也很难吧？"

"接着往下说。"

"那个男人却没有下车，一直待在车上。"

"你怎么知道那是个男人。"

"因为旁边有辆大卡车的大灯亮着呢。当时我还挺纳闷，因为一般不都是男人下车而女人待在车上嘛。后来，那位女士点了两份萨拉米三明治和一瓶矿泉水，那时候是我儿子塔尼诺在负责收钱，就是现在在那儿的那个小孩。那位女士付完钱之后走了出来，在下这个台阶的时候绊了一下摔倒了，三明治也都掉地上了。我走过去把她扶了起来，这时候，那个男人已经从车上下来了，我起身的时候刚好和他面对面。'我没事，没关系。'这位女士对他说。然后那个男人又回到了车上，女士又重新点了两份三明治，然后就朝蒙特鲁萨的方向开走了。"

"阿格诺先生，你真是帮了我大忙了。我想当时和那位女士在一起的男人和你在电视上看到的男人不是同一个人吧。"

"绝对不是，他们完全是两个不同的人。"

"那位女士是从哪儿拿出来的钱？一个大包吗？"

"不是，她没有带包，手里只拿着个小钱包。"

※

经过了神经紧绷的一上午，加上刚吃了顿丰盛的午餐，蒙塔巴诺这会儿已经困得不行了，于是他决定回家睡上一小时。可是，刚过桥他就忍不住在安娜家门前停下了车。他摁了门铃，但却没人应，安娜应该是去看望布拉斯太太了，这样也好。

到家后，蒙塔巴诺打了个电话到局里。

"让加鲁佐下午五点开警车到我家来一趟。"他说道。

刚放下电话，他又拨通了利维娅的号码，响了很久，一直没人接。于是他又拨了她在热那亚的朋友的电话。

"我是蒙塔巴诺，我现在真的非常担心，我都好几天没……"

"别担心，利维娅刚跟我通过电话，她说她一切都还好。"

"她到底在哪儿？"

"我也不知道，我只知道她跟人事处打电话又请了一天假。"

说完后，他挂断了电话，没想到刚放下听筒就又有电话打进来了。

"喂，蒙塔巴诺警长吗？"

"我是，您是哪位？"

"古塔多罗，我是来跟你道贺的，警长。"

蒙塔巴诺半句话也没说就挂断了。他走进浴室冲了个澡，出来以后什么也没穿，倒头就睡了。

※

"丁零，丁零……"他的脑子里突然出现了一个遥远的声音，反应了一会儿之后才意识到是门铃响了。蒙塔巴诺挣扎着起身去

181

开门。看他全身都光着，加鲁佐马上往后跳了一步。

"怎么啦，加鲁佐？怕我把你拖进来强奸了不成？"

"我都摁了半个小时的门铃了，长官，您再不开门我都打算撞门了。"

"那敢情好啊，你就可以赔我扇新的门了。等我一会儿。"

※

加油站的服务人员是个三十岁左右的年轻男人，一头浓密的卷发，一双黑色的眼睛炯炯有神，身材结实高挑。尽管他穿着工作服，蒙塔巴诺心想，要是他在里米尼海滩当救生员的话，那些德国姑娘们恐怕都得被他迷住吧。

"你说那位女士是从蒙特鲁萨方向开过来的，时间是在晚上八点，对吗？"

"没错，我非常确定。我当时快要换班了，她把车窗摇下来问我能不能给她加满油。我回答说'只要您愿意，我可以空出整晚的时间'。于是她就下车了，那时我发现她长得可真漂亮啊。"

"你还记得她当时穿着什么衣服吗？"

"一身都是牛仔。"

"她手上拿着行李吗？"

"她车后座上好像放着一个大的手提包。"

"你继续。"

"加满油之后，她从钱包里拿出一张十万里拉的钞票给我。因为我平时总是喜欢和女士们开些小玩笑，给她找钱的时候我就问她，'还需要我为您提供些特殊服务吗？'我本以为她会和大多数女人一样骂我一句就离开，但她只是笑了笑，然后说，'至于特殊服务，我已经找了别人了。'说完就上路了。"

"她没回蒙特鲁萨？你确定吗？"

"绝对的。唉，每当我想到她的遭遇，就忍不住替她难过。"

"好的，多谢了。"

"对了，警长，还有件事。她当时很匆忙，我加完油之后，她飞快地开走了，我一直看着她的车走到那个转角处，她肯定超速了。"

※

"我本来打算明天回家的。"吉洛·亚克诺说，"但既然今天回来了，想着还是尽快跟您见一面把情况说清楚比较好。"

吉洛三十岁左右，确实是个年轻帅气又值得尊敬的人。

"谢谢你能来。"

"我今天来是想告诉您一件事，您得反复思考一下。"

"你是想改变之前在电话里的那套说法吗？"

"我不是那个意思。我把那个场景反反复复想了很多遍，我还想跟您说一个细节。但保险起见，您可以把我说的这些都当作是假设。"

"好，开始吧。"

"我之前说那个男人用左手毫不费力地拎着行李箱，所以我觉得箱子里肯定没装什么东西。但他的右手一直支撑着那个女人。"

"他用胳膊搂着她吗？"

"不完全是，她把手搭在他胳膊上，我感觉她好像，我是说好像啊，有点儿一瘸一拐地走着。"

※

“帕斯夸诺法医吗？我是蒙塔巴诺，没打扰到你吧？”

“我正在解剖一具尸体，我想他应该不会介意我停下几分钟吧。”

“你有没有注意到立卡兹太太的尸体上有些痕迹也许可以证明她死亡之前曾经摔倒过？”

“我记不太清了，我去看一眼尸检报告。”

警长手里的雪茄还没来得及点上，他就回来了。

“没错，她摔到了膝盖，但那个时候她是穿着衣服的，因为我们在她左膝的擦伤处找到了牛仔裤的微纤维。”

※

看来没有必要进一步证实下去了，事情已经很明朗了。晚上八点，米凯拉·立卡兹加满了油往内陆方向开去；三个半小时之后，她和一个男人一起往回走；零点过后，又有人看见她和一个男人往她维加塔郊区的房子走去，而且这个男人和之前的那个是同一人。

“喂，安娜。我是萨尔沃。我今天下午去找你了，但你不在家。”

“布拉斯先生给我打电话说他太太感觉不太好，我就过去看了看。”

“我想不久之后你就可以给他们带去好消息了。”

安娜沉默不语，蒙塔巴诺意识到自己说错话了，布拉斯一家这时候最渴望得到的好消息应该是毛里齐奥死而复生吧。

“安娜，我想跟你说说米凯拉案件的新进展。”

"为什么不到我家来当面说呢？"

不，他不能去。他知道，如果安娜还像上次那样亲他的话，最后肯定会发生他不想看到的事情。

"不行，安娜，我还有约。"

幸好他是通过电话跟她说这些，如果是面对面的话，安娜肯定马上就会发现他在说谎。

"你想告诉我什么？"

"我已经弄清楚了，周三晚上八点，米凯拉正开车行驶在恩纳－巴勒莫那条路上，她应该是要去蒙特鲁萨省的一个镇里。你好好想想，据你所知，除了在蒙特鲁萨和维加塔认识的人之外，她在那一带有熟人吗？"

安娜没有立即回答他，应该是在认真地思考着。

"我想，朋友应该是没有，熟人倒是有几个，她跟我说过。"

"在哪里？"

"比如说，阿拉戈纳和科米蒂尼，正好都在那条路上。"

"那些都是些什么熟人呢？"

"她装修房子用的地板砖是在阿拉戈纳买的，还有其他的一些建材是从科米蒂尼买的，具体是什么我记不清了。"

"也就是说，都是生意上的往来。"

"应该是。但你想想，沿着那条路可以去的地方太多了，其中还有一条岔路是通往拉法达利的，快速特警队的队长不还拿那个做过文章吗？"

"还有件事，零点过后，有人看见她开着车，下车后她靠在一个男人肩上往那栋房子走去。"

"你确定吗？"

"确定。"

这次，安娜久久没有答话，久到警长以为她把电话挂断了。

"安娜，你还在听吗？"

"嗯。萨尔沃，我想最后再明确地说一遍，米凯拉绝对不是那种会和别人发生一夜情的女人。她曾跟我透露过自己受不了那样，你明白吗？她爱她的丈夫，同时又非常倾慕塞拉瓦莱。我不管法医是怎么说的，她一定不会自愿和其他人发生关系，她肯定是被强奸了。"

"那天晚上她爽约了，为什么一个电话都没打给瓦萨洛一家，这个你如何解释呢？她可是带着手机的，不是吗？"

"你想表达什么？"

"我来给你解释解释。米凯拉七点半和你分开，她说自己得回酒店换衣服，那时她说的的确是实话，但后来肯定发生了什么事让她改变了想法,她一定是接到了某个人的电话,因为她在恩纳－巴勒莫路上开车的时候还是独自一人。"

"你觉得她开车是为了去赴约。"

"不然没有其他的解释可以说通了。显然，这个约会出乎她的意料，但她又不想错过，所以她才没有打电话给瓦萨洛一家，她找不到什么合理的借口来解释自己不去他家用餐，所以干脆就跳过了。按照你的想法，我们就先排除她和其他男人约会的可能性，那么这个约会应该和工作有关，最后却以悲剧收场。但如果真是那样的话，我问你，是什么样的约会如此重要，让她那样不礼貌地对待瓦萨洛一家呢？"

"我不知道。"安娜灰心地说。

15

　是什么样的约会如此重要？警长挂断电话后又问了自己一遍。既然安娜认为绝对不可能是因为爱情，那就只可能是因为钱了。房子建设和装修期间，米凯拉肯定需要管钱，并且肯定不是小数目。问题的关键是不是就隐藏在这里呢？但蒙塔巴诺立刻就意识到，自己的这个猜测根本毫无依据，查起来也是大海捞针。但不管怎样，他还是得调查清楚，这是他义不容辞的责任。

　"安娜，还是我，萨尔沃。"

　"你完事了吗？可以过来了吗？"

　她的声音里透着喜悦和期待，警长实在不忍心让她失望。

　"嗯，得看情况。"

　"你想来了随时可以过来。"

　"好，但我还有件事想问你，米凯拉在维加塔开过银行账户吗？"

　"开过，为了方便付款，她在意大利大众银行开了个账户，但账户里头有多少存款我就不清楚了。"

　现在已经很晚了，估计银行已经关门了。蒙塔巴诺打开了抽屉，里边存放着当时从米凯拉酒店房间里带回来的所有纸质材料，他把那些账单和记录开销的笔记本拿了出来。看来这是一项漫长又无聊的工作，而且有百分之九十的可能是无用功，更要命的是，他对数字还不是很敏感。

蒙塔巴诺仔细地检查了一遍所有的收据，据他判断，那些价格和市场价基本相符，有些甚至比市场价还偏低一些，看来米凯拉是个砍价和省钱的好手。所以，应该和钱没有什么关系，果然和先前他预想的一样，这些都是无用功。但后来，蒙塔巴诺偶然间注意到，有一份账单上的数字和她记录在笔记本上的数字有明显的出入，笔记本上多记录了五百万里拉。米凯拉平时那么有条理的一个人，怎么会犯这么明显的一个错误呢？于是，蒙塔巴诺耐着性子又重新检查了一遍，最后得到的结论是，笔记本里记录的开销数额比真正花出去的钱多出来一亿一千五百万里拉。

看来这中间一定是有什么问题，如果说米凯拉没有弄错，而是故意为之的话，那就说不通了，因为再怎么说钱都是从自己的账户上花出去的，除非……

"喂，立卡兹医生吗？我是蒙塔巴诺，不好意思下班了还打扰您。"

"我是，没关系，有事您直说。"

"我想知道您……这么说吧，您和您太太的银行账户是联名账户吗？"

"警长，您不是……"

"不负责那个案子了？没错，之前是交给其他人负责了，不过现在一切又恢复原样了。"

"不，我们用的不是联名账户，米凯拉的账户和我的是分开的。"

"您太太自己没有收入，对吗？"

"没有，我们商量好了，我每半年往她的账户里汇一次钱，如果她的开销超支了，她会告诉我，然后我会处理好。"

"我知道了。她给您看过房子装修费用的发票吗？"

"没有，我也不感兴趣。她会在笔记本里一笔一笔地记下相关花费，然后不定期地给我看看。"

"立卡兹医生，谢谢您……"

"您把它处理妥当了吗？"

他应该处理什么？蒙塔巴诺不知该如何回答他。

"那辆'丽人行'。"那位医生提醒他。

"哦，当然，已经处理好了。"

在电话里说谎果然更加容易一些，随后，他们挂断了电话，两人约定在周五上午见面，也就是米凯拉葬礼那天。

现在看来，很多事情都可以说清楚了。立卡兹太太从她丈夫那里拿钱装修房子，然后从中克扣了一部分，一旦发票被销毁——很显然，米凯拉活着的时候已经销毁过一些发票，那就只有她笔记本里记录的数字了，这样的话，她手头就多出来一亿一千五百万里拉，她可以花在任何她想花的地方。

※

第二天早上，就在他刚准备出发去局里的时候，电话铃响了。他根本不想去接，因为这个时间的电话只可能是从局里打来的，肯定又是什么烦人的破事。

纠结了一番之后，他还是拿起了听筒。

"萨尔沃吗？"

他当即就听出来是利维娅的声音，于是整个人都软了下来。

"利维娅，谢天谢地你终于给我打电话了。你在哪儿？"

"蒙特鲁萨。"

她来蒙特鲁萨干什么？又是什么时候来的？

"我去接你，你是在车站吗？"

"不是，如果你愿意等我一会儿的话，半个小时之后我就可以到你家了。"

"我等你。"

怎么回事？这到底是什么情况？蒙塔巴诺打了个电话到局里。

"今天不管谁打电话过来都别转给我。"

半个小时的时间，他已经喝下了四杯咖啡。随后，他听到有辆汽车停在了门口，一定是利维娅打的出租车。蒙塔巴诺打开门，发现并不是出租车，而是米米·奥杰洛的车，利维娅下车后，他就掉头离开了。

蒙塔巴诺似乎明白了点儿什么。

利维娅头发乱蓬蓬的，看上去有段时间没好好打理了，一双黑眼圈格外明显，双眼也哭得红肿了。她怎么就变得这么瘦小又脆弱了呢？蒙塔巴诺顿时变得心软了。

"进来吧。"蒙塔巴诺说完，牵着她的手，把她领进了屋，然后安顿她在餐厅里坐下。她的身子一直在瑟瑟发抖。

"你冷吗？"

"冷。"

蒙塔巴诺去卧室取了件夹克给她披上。

"想喝点儿咖啡吗？"

"好。"

咖啡一直放在炉子上温着，这会儿正好烧开，他递给利维娅一杯滚烫的咖啡，但她喝起来就好像是喝凉咖啡一样。

※

利维娅想去屋外，于是他们就在屋外的长椅上坐了下来。今天天气格外好，看上去有些不真实，因为没有风，所以海上的浪花也不大。利维娅静静地盯着远处的大海，然后把头靠在萨尔沃的肩上放声大哭起来。大颗大颗的眼泪从她的脸上滚落，打湿了身前的小桌子。蒙塔巴诺握了握她的手，但利维娅并没有什么反应。这个时候，他特别想抽支雪茄，但最终还是作罢了。

"我去看过弗朗瓦索了。"利维娅突然开口道。

"我猜到了。"

"我事先并没有告诉弗兰卡我要去，所以我的到来完全出乎他们的意料。弗朗瓦索一看到我就朝我跑了过来，看得出来，他见到我是真的很开心。我高兴地抱着他，同时对弗兰卡夫妇还有你感到非常愤怒，我觉得事情就像自己之前想的那样，就是你和他们串通好要把弗朗瓦索从我身边抢走。于是，我开始抱怨他们、辱骂他们，而就在我试图冷静下来的时候，我突然发现弗朗瓦索已经不在我身边了。我开始怀疑是他们把他藏起来了，把他锁在了一个小屋子里，所以我就大叫起来。我叫得很大声，所以他们都跑了出去，开始四处寻找弗朗瓦索。只有我一个人留在屋里，后来我哭了起来。突然，我听到了他的声音，'利维娅，我在这儿。'原来他自己一个人躲在了房子里，而其他人都去屋外找他去了。你看他多聪明啊！"

利维娅说着说着又哭了起来。

"你先放轻松一些，等会儿再说吧。"蒙塔巴诺说道，他受不了利维娅这副备受折磨的样子，甚至都没敢去抱她，生怕自己在她面前又做错了什么。

"但我等会儿就得走了。"利维娅说，"今天下午两点从巴勒莫回去的航班。"

"我开车送你过去。"

"不用了，米米都已经安排好了，他一个小时后过来接我。"

明天米米一走进办公室，我一定把他揍得连路都走不了。蒙塔巴诺心想。

"本来我想昨天就回家的，是他劝我来见你一面。"

哦？这样看来，他还得好好谢谢米米了。

"你不想见我？"

"萨尔沃，希望你能理解我。我想一个人静静，理清一下自己的思路，你知道的，这一切真的让我无所适从。"

蒙塔巴诺突然想听听接下来发生的故事了。

"那你跟我说说后来发生的事吧。"

"发现弗朗瓦索在房间里时，我朝他挪了挪，结果他却走开了。"

蒙塔巴诺想起了几天前自己遭遇的那个场景。

"他盯着我的眼睛说，'我爱你，利维娅，但我不想离开这个家和我的兄弟们。'我坐在那儿一动也没动，整个人都石化了。然后他继续说，'如果你把我带走，我会永远从你眼前消失，你就再也见不到我了。'然后就跑出去大叫了一声'我在这儿呢'。我那时候只感觉头昏眼花，醒来的时候就发现自己躺在床上，弗兰卡坐在床边。我的天哪，小孩子有时候真的太残忍了。"

难道我们对他做的那些就不残忍吗？蒙塔巴诺心想。

"我感觉浑身无力，刚想坐起来，就又晕倒了。弗兰卡不放心我一个人离开，于是给我找了个医生，一直守在我身边，我就沉沉地睡着了。晚上的时候睡不着，我就在窗户旁坐了一整夜。第二天早上，米米来了，是他姐姐打电话把他叫去。米米就像我的哥哥一样，甚至比哥哥还亲，他故意没让我再看见弗朗瓦索，一路上带我看西西里的风光，他劝我到你这儿来看看，虽然我只有一个小时的时间。他说，'你们得好好谈谈，把事情解释清楚。'我们昨天晚上到了蒙特鲁萨，他把我安顿在德拉瓦莱酒店，今天一早就把我带到这儿了，我的行李还在他的车上。"

"我并不觉得我们之间有什么需要解释的。"蒙塔巴诺说。

就现在的情况来看，蒙塔巴诺根本没法儿解释，除非利维娅意识到自己错了，并且向蒙塔巴诺表示自己理解他的感受，哪怕说一句宽慰的话也行。但是，在她看来，蒙塔巴诺对于永远失去弗朗瓦索这件事完全没有任何反应，好似冷血动物一般。利维娅就这样将自己的心门关得紧紧的，沉浸在自己的悲伤和绝望中无法自拔，根本听不进别人的解释。他们两个人的关系当然是建立在爱情的基础上，但一段关系中最重要的还是相互理解。眼下，蒙塔巴诺根本不敢多说一个字，生怕一不小心就和利维娅谈崩了，从而断送了他们的这段关系。于是，他干脆选择不解释。

"你打算怎么办？"蒙塔巴诺问道。

"你是说……那个孩子？"她甚至都没勇气说出他的名字。

"嗯。"

"我不会违背他自己的意愿。"

她突然站起身朝大海走去，喉咙里发出低低的吼声，像只受伤的动物一般。然后，她再也忍受不了了，整个人都栽倒在沙滩上。蒙塔巴诺把她扶起来带进了房间，让她躺在床上，用湿毛巾帮她擦去了脸上的沙子。

※

听到米米的车喇叭声之后，蒙塔巴诺把利维娅从床上拉了起来，替她整理了一下身上的衣服，利维娅一动不动地任他摆布。蒙塔巴诺搂着她的腰把她送了出去。米米并没有下车，他知道，这个时候他不应该太靠近自己的这位上司，否则一定会被揍的。他一直盯着前方，根本不敢看蒙塔巴诺的眼睛。快要上车的时候，利维娅微微转过头亲了下蒙塔巴诺的脸颊。把她送走后，警长回到了屋里，衣服也没脱就走进了浴室，把水开到了最大。出来后，他吞下了两片安眠药——他以前可是从来没用过这玩意儿的，之后又喝了杯威士忌，然后躺下了。

※

他醒来的时候已经是下午五点了，头晕晕乎乎的，还有点儿恶心。

"奥杰洛在吗？"他走进局里问道。

米米走进了蒙塔巴诺的办公室，然后小心翼翼地关上了门，整个一副听天由命的表情。

"如果你想像平时一样大喊大叫的话，"米米说，"那我们还是出去说比较好。"

警长从椅子上起身，走到米米面前，然后用一只胳膊搂住了他的脖子。

"米米，你可真是我的好兄弟呀。不过，我还是建议你赶紧离开我的办公室，免得我变卦又揍你一顿。"

※

"长官，克莱门蒂娜·瓦西里·柯佐太太打电话过来了，我帮您接过去吗？"

"你是哪位？"

这话听上去肯定不是坎塔雷拉说的。

"您什么意思啊？我是谁，我就是我啊。"

"我是问你的名字。"

"坎塔雷拉啊，长官，真的是我本人啊。"

谢天谢地，看来还是原来那个坎塔雷拉，还没有被计算机彻底改变。

"警长，你是怎么了？这是生我气了吗？"

"夫人，怎么会呢。只是最近发生了很多奇怪的事情……"

"算了，原谅你了。你能来我的公寓一趟吗？有些东西想给你看。"

"现在吗？"

"现在。"

克莱门蒂娜太太把他领到了客厅，随后关了电视。

"看看这个，这是明天要演奏的曲目，卡塔尔多·巴贝拉刚叫人送过来的。"

蒙塔巴诺从克莱门蒂娜太太手里接过这张稍显老旧的纸条，难道这就是她这么着急把自己叫过来的原因吗？

纸上用铅笔写着：星期五，九点半，纪念米凯拉·立卡兹演奏会。

蒙塔巴诺愣了一下，难道这位巴贝拉音乐家认识这个受害者？

"这就是我把你叫来的原因。"瓦西里·柯佐太太显然已经明白了他眼中的疑惑。

警长回过神来，继续看着那张纸上的内容。

曲目：朱塞佩·塔尔蒂尼 –《科莱里主题变奏曲》；约翰·塞巴斯蒂安·巴赫 –《广板》；乔瓦尼·巴蒂斯塔·维奥蒂 –《E 小调第二十四协奏曲》

看完后，他把纸条还给了瓦西里太太。

"夫人，您知道他们相识吗？"

"我以前也不知道，感觉挺奇怪的，因为他几乎都不出门。我刚看到这张纸的时候就知道你可能会感兴趣。"

"我要上去跟他谈谈。"

"别浪费时间了，他不会见你的，而且现在已经六点半了，他应该已经睡下了。"

"他躺在床上都干什么？看电视吗？"

"他没有电视，也从来不看报纸。这时候睡下，然后凌晨两点起床。我问过楼上的保姆为什么他的作息时间这么奇怪，但是她也不清楚。但自己细细想来，我发现了一个合理的解释。"

"什么解释。"

"我想，这位音乐大师应该是想用睡眠来填充这段往常用来演奏的时间，这样一来，他就可以慢慢将之前的记忆遗忘。"

"我明白了，但我还是得和他谈一谈。"

"明天上午演奏完之后你可以试试。"

这时，楼上传来了关门的声音。

"这个，"瓦西里·柯佐太太说，"应该是保姆要回家了。"

蒙塔巴诺起身朝房门走去。

"警长，其实她可以算是楼上的管家了。"瓦西里·柯佐太太补充道。

蒙塔巴诺刚开门就看见一位六十岁左右的老太太，穿着得体，走到蒙塔巴诺面前时还冲他点了下头打招呼。

"夫人，我是蒙塔……"

"我知道。"

"我知道您正要回家，很抱歉耽误您的时间，我想问问您，巴贝拉先生和立卡兹太太认识吗？"

"是的，他们大概两个多月之前认识的，是那位女士自己来找的巴贝拉先生。他见到立卡兹太太后非常开心，因为他非常欣赏那些漂亮的女人。他们谈了很多，中间我还给他们倒了杯咖啡，之后他们就把工作室的门关上了，什么也听不到了。"

"工作室装了隔音设备吗？"

"是的，先生，他是怕打扰到左邻右舍。"

"那位女士后来还来过吗？"

"我在的时候没见她再来过。"

"那您一般都什么时候在呢？"

"您这不看到了吗？我每天都傍晚才回家。"

"还有，既然巴贝拉先生没有电视也不看报纸，他如何得知立卡兹太太被谋杀了？"

"是今天下午我偶然间跟他提到的，因为我刚好在街上看到了关于她葬礼的通知。"

"那巴贝拉先生有什么反应？"

"听到消息后，脸色顿时就变得惨白，我不得不给他服了几颗救心丸，我当时是真的被吓到了。您还有其他问题吗？"

16

第二天早上，蒙塔巴诺一出现在办公室就把大家惊呆了，他穿着灰色西服、淡蓝色衬衫、中性领带、黑色皮鞋，风格太正式。

"天哪，怎么穿成这样，像我们这样不就够时尚了吗？"米米·奥杰洛一脸疑惑的表情。

蒙塔巴诺不可能告诉他自己穿这么正式是为了听九点半的小提琴音乐会，那样的话，米米一定会觉得他疯了，而且现在整件事也确实越来越诡异了，可能早晚都得把他整疯。

"我是要去参加葬礼。"蒙塔巴诺低声说道。

说完，他走进了自己的办公室，正好电话响了起来。

"萨尔沃，我是安娜，我刚接到了圭多·塞拉瓦莱的电话。"

"他从博洛尼亚打过来的吗？"

"不，他在蒙特鲁萨，他说米凯拉之前把我的号码告诉他了，他也知道我们是很要好的朋友。他这次是来参加她的葬礼的，这会儿在德拉瓦莱酒店。他下午就要回去了，所以希望我中午和他一块儿吃饭。我该怎么办呢？"

"你有什么想法吗？"

"我不知道，我觉得到时候会很尴尬。"

"为什么？"

※

"警长，我是埃马努埃莱·立卡兹，您今天会过来参加葬礼吗？"

"我会去，什么时候开始？"

"十一点。葬礼结束后，灵车就直接从教堂开往博洛尼亚了。您那边有什么新的消息吗？"

"现在还没什么新进展。您在蒙特鲁萨待多久？"

"待到明天上午，我还得和房产中介商量一下卖房子的事，约好了下午和他们那边的代表一起去看房子。哦，对了，昨天晚上和我一块儿来的还有圭多·塞拉瓦莱，他也来参加葬礼。"

"那您一定不好受吧。"

"您觉得呢？"

立卡兹医生的头埋得更低了。

※

"快点儿，演奏就要开始了。"克莱门蒂娜太太一边催促道，一边把他领到了客厅旁边的小会客室。他们安静地坐了下来。蒙塔巴诺注意到，克莱门蒂娜太太穿了件晚礼服，看上去就像波蒂尼画像中的一位女士 [1]，只是年龄稍微偏大了一些。九点半整，巴贝拉音乐家拉响了第一个音符。听了还不到五分钟，蒙塔巴诺内

---

1 乔瓦尼·波蒂尼（Giovanni Boldini），意大利印象派画家，一八四二年十二月三十一日出生于意大利的费拉拉，以肖像画和风俗画闻名，尤其擅长穿着时尚服饰的女子像。

心就开始有种奇怪的、令人不安的感觉，仿佛小提琴的声音霎时变作了一个女人的声音，正在祈求被别人听见和理解。渐渐地，一个个音符变成了音节和音位，谱写成了一曲挽歌，流露出强烈而又神秘的悲剧色彩。这个令人激动不已的女声正讲述着一个可怕的秘密，只有完全沉浸在这个声音中才能明白。蒙塔巴诺闭上眼睛，完全融入了音乐的世界中，但越投入就越觉得吃惊，为什么这次听到的小提琴的音色和他上次在这里听到的差别这么大呢？他的眼睛依旧紧闭着，任由思绪被那声音牵引着，蒙塔巴诺仿佛看见自己走进了米凯拉·立卡兹的房子，穿过客厅，打开玻璃柜，拿出了那个小提琴盒……所以，那个一直困扰着他，不断在他脑海中闪现的奇怪的东西就是那个小提琴盒了。想到这里，眼泪不由自主地流了下来。

"你也被感动到了吗？"克莱门蒂娜太太问道，"他之前从来没有演奏过如此悲伤的曲子。"

蒙塔巴诺回过神来，看来演奏会已经结束了，因为克莱门蒂娜太太已经插上了电话线，拨通了楼上的电话，开始鼓掌。

这一次，警长并没有一起鼓掌，而是从她手里拿过电话。

"巴贝拉先生吗？我是蒙塔巴诺警长，我必须和您谈谈。"

"我也正有此意。"

蒙塔巴诺挂了电话，迅速转身向克莱门蒂娜太太鞠了一躬，吻了一下她的额头，然后转身出门了。

※

管家已经将楼上的门打开了。

"您要来杯咖啡吗？"

"不用了，谢谢。"

这时候，卡塔尔多·巴贝拉走了过来并朝他伸出了手。

上楼的时候，蒙塔巴诺还在想，这位音乐家到底会是怎样的穿着呢？他果然没猜错，这位音乐大师穿得格外正式。他是个头发花白的小老头，一双黑色的小眼睛炯炯有神，穿着裁剪得体的燕尾服。

唯一显得不和谐的是，他围着一条白色丝绸围巾，将他的半张脸都遮住了，只有一双眼睛和额头露在外面，围巾还用一个金色的发夹固定着。

"请进，您请便，不用太过拘束。"巴贝拉一边礼貌地说道，一边把他领进了那间隔音的工作室。

蒙塔巴诺一进门便环顾了一下四周：一个玻璃陈列橱窗里摆着五把小提琴；复杂的立体声系统；金属文件柜上摆放着各种光盘、密纹唱片和盒式磁带；一个书柜、一张书桌和两把单人沙发，桌子上还放着一把小提琴，显然，这位音乐大师刚刚就是用它完成了他的独奏会。

"今天演奏用的是瓜奈里小提琴。"他指了指桌上的乐器说道，证实了蒙塔巴诺的猜想，"它那来自天堂般的声音简直无与伦比。"

蒙塔巴诺心里有些小得意，虽然他不懂音乐，但他凭直觉就感觉到了这把小提琴的声音和他之前听到的不一样，或许自己还是有那么一点天赋的。

"对于一个小提琴家来说，演奏的时候能用到这样一件珍宝般的乐器，真可谓是天大的幸运呀。"说完，他叹了口气，"不幸的是，我得将它还回去了。"

"这不是您自己的吗？"

"我多希望它是我自己的啊，但问题是，我现在想还都不知道该还给谁了。我本来还想打电话到警察局问问，但既然您在这里……"

"有什么可以帮到您？"

"是这样，这把小提琴归立卡兹太太所有。"

警长感觉自己整个人的神经就像小提琴的琴弦一样绷紧了，这位音乐大师在他身上划拉两下说不定就能拉出一曲和弦了。

"大概在两个月前，"巴贝拉开始跟他讲述，"我正在练琴，因为房间的窗户开着，立卡兹太太从这边走过的时候刚好听见了我的琴声。她对音乐的鉴赏力极高，因为在楼下对讲门铃那儿看到了我的名字，所以希望能见见我。她之前在米兰看过我的告别演出，之后我就退休了。"

"您为什么要退休呢？"

或许是这个问题唐突了些，这位音乐大师稍稍有些惊讶，他顿了顿，随后把夹子取下来，慢慢地解开了围巾。他的样子简直就像个怪物：半个鼻子已经不见了，整个上唇也已经被啃掉，只有牙龈露在外面。

"这个理由够了吗？"

他重新把围巾围上，用夹子别好。

"这是一种罕见的退化性狼疮，根本无法治愈，我怎么可能继续出现在公众面前呢？"

幸好他把围巾重新围上了，不然蒙塔巴诺根本不敢去看，既恐怖又恶心。

"后来，那位漂亮的女士和我聊了很多。她告诉我，她曾祖父在克雷莫纳是做弦乐器的，她从曾祖父那里继承了一把小提琴。她还说自己小的时候就听家里人说过那把小提琴相当值钱，但因为家里人无聊起来总会谈论些值钱的绘画和雕塑什么的，所以她并没有太在意。我那时也不知道为什么突然就对那把小提琴好奇起来。几天后的傍晚，她打电话给我，然后开车把我接到了她新建的那栋房子里。当我第一眼看到那把小提琴时，我的内心就无法平静了，感觉好像被电击了一般。小提琴的保存状况不佳，但我知道，只要稍稍修复一下就完美了。那是一把正宗的安德里亚·瓜奈里小提琴，警长，从那琥珀黄的漆表散发出的光芒就可以轻易判断出来了。"

警长盯着小提琴看了一会儿，他是真的没看见什么光芒，看来自己还真是没什么音乐天赋啊。

"我试着拉了一下。"巴贝拉继续道，"还不到十分钟，我就感觉自己仿佛到了天堂，见到了帕格尼尼、奥雷·布尔，还有其他……"

"它现在可以卖多少钱？"警长问道，接地气的自己果然还是离天堂的高度差太远。

"多少钱？"这位音乐大师惊讶地说道，"您不能用钱来衡量一件珍贵的乐器。"

"好吧，但如果真要那样说呢？"

"我也不太清楚，呃，二三十亿里拉吧。"

他没听错吧？真是值钱啊。

"我告诉她不能把一件如此珍贵的乐器放在一栋无人居住的房子里，当然了，我自己也想证实一下自己的猜想，看看那是不是真的安德里亚·瓜奈里小提琴，于是她决定把小提琴放在我这里由我保管，原本我是不想接受的，这责任太大了，但后来，她把我说服了，甚至连张票据都没写就直接把小提琴给我了。之后，她开车把我送了回来，我拿了自己的一把小提琴放在了那个旧琴盒里。如果说真有人来偷的话，损失应该也会小很多，因为那把小提琴大概也就值几十万里拉。第二天上午，我试着联系到了米兰的一位朋友，他是小提琴鉴定方面的专家，但他的秘书说他环游世界去了，要到这个月月底才能回来。"

"不好意思，打断一下。"蒙塔巴诺说道，"我出去一下，稍后回来。"

他冲出了房间，直接朝警局跑去。

"法齐奥！"

"有什么吩咐，长官。"

蒙塔巴诺在纸上写了些什么，然后签了字，为了显得正式一些，还盖上了维加塔警局的公章。

"你跟我来。"

他开着自己的车在离教堂还有一段距离的时候停了下来。

"把这张便条拿给立卡兹医生，我让他把房子的钥匙给你，我自己不方便过去，如果被人看见我和那位医生说话的话，指不定又要有什么谣言了。"

还不到五分钟，他们就已经出发前往三泉区了。

他们下车后，蒙塔巴诺把前门打开，一走进去就闻到了一股恶臭、令人窒息的味道，一来是房子没有通风，二来是取证组当时在这里撒了好些粉末和喷雾剂。

法齐奥一直跟在他身后，一言不发。蒙塔巴诺打开玻璃展示柜，拿出了那个小提琴盒，然后走出来重新把门锁上了。

"等等，还有些东西得看清楚。"

他转身朝屋后走去，之前几次来的时候都没去屋后看过。他发现了一张草图，看来，立卡兹太太打算在后面建一座大花园。右边紧靠墙根的地方有一颗大山梨树，结红色的果子，但味道却格外酸，蒙塔巴诺小时候可没少吃。

"你爬到树上去看看。"

"谁，我吗？"

"不是你，难道是你的双胞胎兄弟？"

法齐奥只好心不甘情不愿地往上爬。他已经人到中年，总是害怕自己从上面掉下来一命呜呼。

"在那儿等着我。"

"是的，长官。再怎么说，我小时候可是泰山的粉丝啊。"

蒙塔巴诺再次把房门打开，然后走上楼把卧室的灯打开了。那味道简直快令他窒息了，他把百叶窗卷了起来，但并没有把窗户打开。

"你可以看见我吗？"他冲法齐奥喊道。

"可以，看得非常清楚。"

他走出房子，把门锁好后回到了车里。

法齐奥还待在树上，看来还在等着警长的下一步指示呢。

※

蒙塔巴诺把车开到了教堂前，让法齐奥把钥匙还给立卡兹医生并转告他下午可能还需要借用一下。之后，他开车往巴贝拉先生家去了。蒙塔巴诺一步两个台阶地上了楼，音乐家给他开了门，他已经把燕尾服换下了，穿了件高领毛衣和一条宽松的裤子，但依旧围着那条白色的丝绸围巾。

"请进。"巴贝拉说。

"先生，我就不进去了，我就只有几分钟的时间。这是那把瓜奈里小提琴的琴盒吗？"

音乐家拿在手里仔细地看了看，然后还给了蒙塔巴诺。

"看上去应该是。"

蒙塔巴诺将琴盒打开，但并没有取出里面的乐器，他问道："这是您交给米凯拉保管的那把小提琴吗？"

音乐家往后退了两步，伸出手臂，似乎看到了什么不堪入目的东西。

"这种东西根本不值得我用手去触碰，您看看，那一看就是批量生产出来的，简直就是对小提琴的侮辱。"

这下终于证实了蒙塔巴诺从刚才的小提琴之声中得到的猜想。最初他就下意识地感觉到这个琴盒和里边的小提琴非常不搭，就连他这种对小提琴一窍不通的人都察觉到了。

"另外，"巴贝拉继续说道，"虽然我给米凯拉的那把小提琴不值什么钱，但看上去确实跟瓜奈里小提琴很像。"

"谢谢您，我还会再来看您的。"

蒙塔巴诺说完就开始往楼下走。

"我该怎么处置这把瓜奈里小提琴？"这位音乐家低声喊道，对其他的一切一无所知。

"您就留着它吧，以后常拿出来拉一拉。"

※

蒙塔巴诺赶到的时候，看到他们正把棺材往灵车上抬。教堂的门口摆放着许多花圈，埃马努埃莱·立卡兹被一群来表示慰问的人围着，脸上尽是忧伤，蒙塔巴诺走过去把他拉到了一旁。

"我没料到会有这么多人。"医生说道。

"这说明您的太太得到了很多人的关爱。您拿回钥匙了吗？我可能还得向您借一次。"

"我下午四点到五点要用，要带房产代理人去看房子。"

"我会记住的。对了，我把展示柜里的小提琴拿走了，晚上再给您送回来。"

医生不明所以地看着他。

"这和案件调查有什么关联吗？那个东西根本就不值钱啊。"

"我要拿去采集指纹信息。"蒙塔巴诺撒谎了。

"如果是那样的话，您可别忘了当初拿给您看的时候我也用手拿过。"

"我知道。先生，还有个问题，您昨天晚上什么时候离开的博洛尼亚？"

"我坐的是晚上六点半的航班，先飞到罗马转机，到巴勒莫已经是晚上十点了。"

"谢谢。"

"对了，警长，您别忘了那辆'丽人行'。"

我的天，那辆车可真够让人头疼的。

※

在一群即将离开的人群中，蒙塔巴诺终于看见了安娜，她正和一位身材高大、气质不凡的男人说着话，男人四十岁左右的样子，应该就是圭多·塞拉瓦莱了。这时，蒙塔巴诺正好看见贾隆巴尔多从街上经过，于是就把他叫了过来。

"你这是要上哪儿去？"

"回家吃饭，长官。"

"那对不住了，恐怕这饭是吃不成了。"

"我的天，为什么偏偏挑的是今天，我老婆做了意大利面。"

"晚上回去再吃吧。看到那边那两个人了吗？那位咖啡色头发的女人和那个正在和她交谈的男人。"

"看见了，长官。"

"你把那个男的盯紧了，我得马上回局里一趟，你每半个小时向我汇报一次，他都做了些什么，去了哪里。"

"哦，知道了。"贾隆巴尔多只得认命地答道。

蒙塔巴诺交代完之后就朝他们两个人走去。因为安娜并没有看到他走过来，所以见到他的时候眼睛都亮了。显然，和圭多先生待在一块儿不怎么自在。

"萨尔沃，你来啦。"她为他们互相介绍了一下，"这是萨尔沃·蒙塔巴诺警长，这位是圭多·塞拉瓦莱先生。"

蒙塔巴诺不动声色地说道："当然，我们在电话里已经见过了。"

"没错，我说过您有什么需要尽管找我。"

"我怎么会忘记呢？你也是来参加已故的立卡兹太太的葬礼吗？"

"这也是我能为她做的最后一件事了。"

"是啊，你今天就回去吗？"

"嗯，下午五点左右从酒店出发，去巴勒莫机场赶晚上八点的航班。"

"好啊，很好。"蒙塔巴诺回答道，心想，能不能走得了就得看你能不能按时赶上航班了。

"正好，"安娜假装漫不经心地说道，"塞拉瓦莱先生刚刚邀请我和他一起吃午饭，要不你和我们一块儿吧。"

"我看这主意挺好的。"塞拉瓦莱勉强附和道，深深地吸了口气。

警长脸上装出一副无比遗憾的表情。

"我要是早点儿知道就好了，可是我已经有约了，唉！"

他朝塞拉瓦莱伸出手。

"非常高兴见到你，虽然在这个场合说这种话显得不太合适，但这是我的心里话。"

他生怕自己表演地太过了，赶紧收了手，而安娜就像见了鬼了似的看着他。

"至于我们嘛，晚点儿再聊，行吗，安娜？"

※

蒙塔巴诺在警局门口碰到了米米，他正要出门。

"这是要干什么去？"

"吃饭。"

"你们一群人就只想着吃饭吗？"

"现在正是饭点，除了吃饭，我们还应该想些什么呢？"

"想想我们在博洛尼亚有没有能帮得上忙的人啊。"

"市长？"米米一头雾水地问道。

"谁管博洛尼亚的市长是谁啊。他们那边的警察部门有没有认识的朋友，我必须得在一个小时之内得到他们那边的答案。"

"我想到一个人，古吉诺，你记得吗？"

"你是说菲利贝托？"

"没错，他一个月前调到了那边，现在是移民部的一把手。"

"行了，你可以走了，去吃你最爱的蛤蚧油和帕尔马干酪拌意面吧。"蒙塔巴诺鄙视地看了他一眼，想不通怎么会有这样品味的人。

※

现在已经是中午十二点三十五分了，希望菲利贝托还在办公室。

"喂，您好。我是维加塔警局的萨尔沃·蒙塔巴诺警长，我想找菲利贝托·古吉诺。"

"您稍等。"

没多会儿，他听到了古吉诺兴奋的声音。

"萨尔沃，接到你的电话真是太开心了，最近还好吗？"

"挺好的。菲利，很抱歉打扰你，不过这事确实有点儿紧急，我必须在一个小时之内得到答案，最长不能超过一个半小时。我在调查一个谋杀案的杀人动机，可能跟钱有关系。"

"好嘞，我正好闲着呢。"

"我希望你能帮我查个人，看看他是不是借了高利贷，比如拿去经商、赌博什么的。"

"那就难办了，放高利贷的人好说，借高利贷的就不好办了。"

"不管怎样，你帮忙试试吧，我把他的名字告诉你。"

※

"长官，我是贾隆巴尔多，他们现在在卡波餐厅吃饭，就是那个坐落在海上的餐厅，您知道吧？"

没错，他确实知道那家餐厅，他之前偶然去过一次，之后便再也没忘记过。

"他们是各自开车去的吗？"

"不，他们开了一辆车，所以……"

"别让那个男的离开你的视线，我确定他一定会先把那位女士送回家，然后再回德拉瓦莱酒店。记得随时跟我汇报情况啊。"

※

跟巴勒莫机场租车公司的人废了半个小时的口舌，结果他们支支吾吾地告诉他，没得到上面的允许，不得透露租车人的信息。

于是，蒙塔巴诺不得不自己出面请机场警方介入。实际情况是，昨天，也就是周四晚上，这位有嫌疑的男士租了辆车，并且现在还在用着；但根据公司电脑里的信息，上周三晚上，这位男士并没有从那里租车。

17

古吉诺不到三点就回信了，他的回复很长也很详尽，蒙塔巴诺边听边认真记着笔记。五分钟后，贾隆巴尔多打来电话说塞拉瓦莱已经回酒店了。

"你就待在那儿，哪儿也别去。"警长命令道，"在我到那儿之前，如果看见他出门，想尽一切办法阻止他，你跳脱衣舞也好，肚皮舞也罢，反正就是不能让他离开。"

蒙塔巴诺快速翻看了一下米凯拉留下来的那些纸质材料，他记得自己以前看到过一张登记证，果然找到了，是她生前最后一次从博洛尼亚飞往巴勒莫的航班。他把登记证放进口袋里，打电话把加洛叫到了办公室。

"开警车把我送到德拉瓦莱酒店。"

酒店坐落在从维加塔到蒙特鲁萨的路上，前面是世界上最漂亮的一座寺庙之一。

"在这里等我。"警长下车的时候对加洛吩咐道，然后朝自己的车子走去，看到贾隆巴尔多正坐在车里打盹儿。

"别看我在睡觉，其实我眼睛睁着呢。"这位警员紧张地解释道。

警长将后备厢打开，从里边拿出了那个装着廉价小提琴的琴盒。

"你回局里去吧。"他命令贾隆巴尔多道。

他走进酒店大厅，整个人看上去俨然一副小提琴演奏家的模样。

"请问塞拉瓦莱先生在吗？"

"是的，他在房间。需要为您通报他一声吗？"

"你什么也不用说，保持安静就好了。我是蒙塔巴诺警长，如果你敢打电话，别怪我不客气，逮捕你之后我们回局里慢慢聊。"

"他在四楼，四一六房间。"前台接待员颤颤巍巍地回答道。

"有谁给他打过电话吗？"

"他回来的时候我已经把电话留言交给他了，一共是三个还是四个来电。"

"让电话接线员来和我谈谈。"

警长以为电话接线员肯定是一位声音甜美的年轻女人，没想到却是一个六十多岁、戴着眼镜的秃顶大爷。

"前台已经跟我说了，大约十二点的时候，有个自称是艾罗的人从博洛尼亚打电话过来，但没说自己姓什么。他大概十分钟之前又打过来了，我把电话直接转到塞拉瓦莱先生的房间了。"

※

在电梯里，蒙塔巴诺从口袋里拿出来一个名单，这些都是上周三晚上在巴勒莫机场租过车的人。没错，名单上没有圭多·塞拉瓦莱，但是有一个叫艾罗·波尔蒂纳里的人，而且古吉诺告诉他，

216

这个波尔蒂纳里是这位圭多先生的好友。

蒙塔巴诺轻轻地敲了下门，就在这时，他突然发觉自己又将手枪落在汽车仪表盘下的小柜子里了。

"门没关，进来吧。"

这位古董商正躺在床上，双手交叉枕在脑后。只脱下了鞋子和夹克外套，领带还好好地系着。看到警长，他像玩偶盒里的娃娃一样立即跳了起来。

"放松，放松。"蒙塔巴诺说。

"正式一点总是好的。"塞拉瓦莱一边说道，一边麻溜地穿上了鞋子，甚至把夹克外套也套上了。蒙塔巴诺在一把椅子上坐了下来，将小提琴盒放在了膝盖上。

"我准备好了，您需要我做什么？"

"那天在电话里，你说如果我需要，你一定会抽空过来配合调查，对吧？"

"当然，现在也一样。"塞拉瓦莱说道，同样也坐了下来。

"我本来不想麻烦你，但既然你来这里参加葬礼了，我想好好利用一下这个机会。"

"我很高兴能尽自己的一份力，您需要我做些什么？"

"你注意听我说。"

"不好意思，我没太听懂您的意思？"

"认真听我说就好了，我想给你讲个故事，如果你觉得我在某些细节上夸大或者说错了，你随时可以打断我并纠正我。"

"这个我就不知道该怎么办了，警长，因为我不知道您要给我讲什么故事啊。"

"也对哦，那你就听完后说说自己的感想吧。我故事里的主人公是个生活安逸的先生，他是个有品位的人，经营着一家有名的古董店，那是他从自己父亲手里继承来的一份事业，店里的顾客也不少。"

"不好意思，打断一下。"塞拉瓦莱说道，"请问您故事的背景是哪儿啊？"

"博洛尼亚。"蒙塔巴诺说，然后继续说道："粗略来说是这样，去年的某个时候，这位先生认识了一位来自上层中产阶级的年轻女士，后来他们成了恋人。可以说，他们这段关系完全是没有任何风险的，因为那位女士的丈夫对他们的不正当关系完全视若无睹，具体的原因我就不多说了。那位女士仍然爱着她的丈夫，但在性爱方面却格外依赖她的情人。"

说完，他稍稍停顿了一下。

"我可以抽根烟吗？"蒙塔巴诺问道。

"当然。"塞拉瓦莱回答道，然后把烟灰缸往他那边推了推。

蒙塔巴诺不紧不慢地拿出一包烟，抽了三根出来，一一在拇指和食指间揉了两下，最后选了一根感觉最软的叼在了嘴里，并将其他两根放了回去，然后开始轻轻拍着上下的口袋找打火机。

"抱歉帮不了您了，我不抽烟。"古董商说。

终于，警长在夹克胸口位置的口袋里找到了打火机，拿在手里研究了一下，就像之前从未见过那玩意儿一样，然后把烟点上，将打火机重新放回了口袋。

开口之前，蒙塔巴诺看了眼塞拉瓦莱，他紧张地不停地咬着嘴唇，身上已经开始出汗了。

"我刚刚说到哪儿了？"

"那个女人很依赖她的情人。"

"哦，想起来了。很不幸的是，我们的主人公有个很不好的恶习，他好赌，并且每次都赌得很大，过去三个月，他已经在非法赌博窝点被捕了三次。有一天，我们的主人公被打后住进了医院，他声称自己是被一群抢劫犯殴打，但警方怀疑，我说的是怀疑哦，那是债主向他讨赌债来了。我们这个主人公运气一直不太好，逢赌必输，所以他的境况可以说是越来越糟。他很信任自己的女朋友，什么话都告诉她，而且女友也会尽自己所能帮助他。不久前，女友想在西西里盖栋房子，因为她非常喜欢那个地方。后来，女友以盖房子为契机向她的丈夫谎报费用，从而将数以亿计的里拉转给她的男友。为了从丈夫那儿获得更多的钱，她还决定建一座花园，或者是一个游泳池，但再怎么算，这些钱也只不过是杯水车薪。一天，这个女人，呃，为了讲故事方便呢，我暂且把她叫作米凯拉吧……"

"等会儿。"塞拉瓦莱突然打断了警长的话，窃笑着问道，"那这位主人公叫什么名字呢？"

"呃，我们就叫他圭多吧。"蒙塔巴诺漫不经心地回答道，仿佛这仅仅是一个微不足道的细节而已。

塞拉瓦莱冲他做了个鬼脸，这时候，他的汗水已经把身上的衬衫都浸湿了。

"你不喜欢这个名字？那我们也可以叫他保罗或者弗朗塞斯卡，但本质都是一样的。"

蒙塔巴诺还在等着塞拉瓦莱说点儿什么，但他始终没有开口。于是，蒙塔巴诺开始继续讲自己的故事。

"一天，米凯拉在维加塔见到了一位已经退休的著名小提琴演奏家，他们非常聊得来，米凯拉将自己从曾祖父那儿继承了一把古老小提琴的事也告诉了他。也许只是因为好玩，她将那把小提琴拿给那位音乐家看了看，而那位音乐家一看到它就意识到那是一件非常珍贵的乐器，至少值几十亿里拉。米凯拉回到博洛尼亚就把整个故事告诉了她的情人。如果那位音乐家所说属实的话，他们完全可以将那把小提琴卖了，因为米凯拉的丈夫只看过一两次，而且根本没有意识到小提琴的真正价值。卖完之后，他们只需要用一把旧的小提琴代替它就行了，这样一来，圭多的麻烦也就能顺利解决了。"

蒙塔巴诺停了下来，手指一下一下地敲着琴盒，叹了口气。

"下面该开始最难讲的那部分了。"蒙塔巴诺说道。

"呃，那个……"塞拉瓦莱说，"剩下的您可以留到下次再讲。"

"我倒无所谓，但那样的话，还得麻烦你从博洛尼亚再来一趟，或者我去那儿找你一趟，太麻烦了。但既然你这么热都坚持听我说了这么久，我就跟你解释一下为什么我觉得下面这部分最难讲。"

"因为您要开始讲到谋杀了？"

蒙塔巴诺目瞪口呆地看着这个古董商。

"你是这样认为的吗？不，谋杀案我已经见得很多了。我觉得这部分最难讲是因为我得将具体的事实强行灌输到一个人的思想当中。你也知道，小说家要做的也只不过是把小说写好，相当于铺好一条路，而读者往往都有自己的选择。哎呀，不好意思，说远了啊。回到我们的故事上吧，这时候，我们的主人公搜集了那位音乐家的相关信息，他发现那位音乐家不仅仅是一位世界知名的演奏家，还是小提琴鉴赏的行家，所以，既然他说那是一把非常值钱的小提琴，那应该百分之九十九是没问题的。然而，如果任由米凯拉处置，问题一时半会儿肯定解决不了。她必定会通过合法的途径悄悄地卖了它，大概可以卖到二十亿里拉，但政府各式各样的税费和手续费根本逃不掉，所以最后到手的也就不到十亿里拉了。但应该还有一条捷径，我们的主人公日思夜想，甚至还和他的一位朋友商量过这件事。他的那位朋友，呃，叫他什么好呢？艾罗？"

看他的反应，这些话似乎还是有些作用的，之前的猜想现在也逐渐变得确信起来。塞拉瓦莱就像被一颗大口径子弹击中了一般，猛地从椅子上站了起来，之后又重重地坐了回去，随手把领带解了。

"没错，就叫他艾罗吧。艾罗跟我们的主人公想的一样，解决问题只有一个办法，那就是背着他女友直接用一把廉价的小提琴将那把价值连城的小提琴替换出来。塞拉瓦莱还说服了他的那位朋友帮自己一把。最重要的是，他的那位朋友应该是通过赌博认识的，所以米凯拉之前从来没见过他。约定好的那天，他们乘坐最后一趟航班一起离开了博洛尼亚，从罗马转机飞往巴勒莫。

现在，艾罗·波尔蒂纳里……"

塞拉瓦莱听到后吓了一大跳，但整个人都有气无力的，仿佛一个临死之人第二次被击中了一般。

"哎呀，我真是笨死了，怎么把他的姓也给说出来了呢？不管了，我们接着往下说。艾罗·波尔蒂纳里没带任何行李，而圭多则提了个大大的手提箱。上了飞机以后，这两个人就假装不认识对方，在离开罗马之前，圭多给米凯拉打了个电话，告诉她自己正在去找她的路上，并且声称需要她来巴勒莫机场接自己。他这样做应该是想让米凯拉认为他在逃债。在巴勒莫下了飞机之后，圭多坐着米凯拉的车前往维加塔，而艾罗则在机场租了辆车，跟在他们后面也往维加塔方向开去。在车上，我们的主人公可能跟他女友说自己没办法再留在博洛尼亚了，否则自己就没命了，于是他想到一个主意，那就是来米凯拉新建的房子里躲上几天，毕竟没人会大老远跑到那儿去找他吧。他的女友也很开心自己的情人过来陪她，于是很轻易地就相信了他的那套说辞。还没到蒙特鲁萨，女友下车买了两个三明治和一瓶矿泉水，从店里出来的时候，她不小心在楼梯上绊了一下摔倒了。这时候，下车赶过来的塞拉瓦莱刚好被店主看得一清二楚。他们到达米凯拉房子的时候已经是十二点之后了，米凯拉匆匆忙忙洗了个澡便迫不及待地投入了情人的怀抱。一场性爱过后，我们的主人公问他的女友要不要试试一种特别的方式，也就是在第二次性交结束后，他把女友的头深深地摁进了床垫中，把她活活闷死了。就在他杀害米凯拉之后，他好像听到屋外传来了呜咽声，一种沉闷的哭声。于是，他走到窗户前，借着房间里透出的灯光，在屋旁的一棵树上，他看见了一个偷窥狂，那个偷窥狂目睹了他的整个谋杀过程。衣服都来不及穿，我们的主人公直接冲出门去，随手拿了个东西当武器，打算把那个家伙暴打一顿，但最后还是让他逃掉了。这时，我们的主人公不敢再耽搁了，他马上穿好衣服，打开玻璃展示柜，拿出小提琴放在了自己带来的手提箱中，并从手提箱中拿出一把廉价的小提琴重新放回到展示柜的琴盒中。几分钟后，艾罗开车过来了，我们的主人公上了车，至于接下来他们做了什么我们暂且就不讨论了，因为那都不重要了。第二天早上，他们在巴勒莫机场坐上了飞往罗马最早的一趟航班。到那个时候，一切都进展得很顺利。之后，我们的主人公时刻都关注着西西里的报纸。形势对他越来越有利，因为新闻中说谋杀犯已经被找到了，并且在被击毙之前还主动承认了自己的罪行。我们的主人公认为没有必要再等下去了，是时候将小提琴拿到黑市上出售了，于是便将小提琴交给艾罗·波尔蒂纳里去处理了。但就在这个时候，情况又变复杂了，因为案子又被重新拿出来调查了。他借着来参加葬礼的机会赶到了维加塔，希望和米凯拉的好友安娜谈谈，这是米凯拉的朋友里唯一一个他认识的，并且也只有她能告诉自己整个案件目前的发展情况。和安娜谈完之后，他回到酒店，也就在这时，他接到了艾罗的电话，发现那把小提琴也就值几十万里拉而已。终于，我们的主人公发现自己被耍了，杀了个人却什么也没得到。"

"所以，"塞拉瓦莱说道，额头上的汗已经流到了脸上，但他却一直没擦，"您的主人公又赌输了，输在了那百分之一的概率上。"

"一旦在赌博中倒霉起来……"警长评论道。

"您想喝点儿什么吗？"

"不用了，谢谢。"

塞拉瓦莱从冰箱中拿出三小瓶威士忌，全部倒进了一个玻璃杯中，两大口便灌进了肚子里。

"确实是个有意思的故事，警长。您之前让我听完故事后说说我的感想，如果您不介意的话，我现在就说说吧。首先，故事里的主人公不会蠢到坐飞机时用自己的真名吧，您说呢？"

蒙塔巴诺从夹克口袋里把那张登机证抽出来了一点点，足够对方看个清楚。

"不，警长，那个东西没用。就算有登机证也证明不了什么，即使是登机证上写着那位主人公的名字，也可以被别人利用，因为登机的时候并不需要查验本人的身份证。至于那个店主，您也说了，那是在晚上，又只是几秒钟的事，不管怎么说，那样的指认是不可靠的吧？"

"你的推断也算可以站得住脚。"警长说道。

"听我把话说完，您的故事应该还可以有不同的版本。故事主人公跟他的朋友艾罗·波尔蒂纳里说过他女友的发现，然后这个小混混就直接自己一个人来到了维加塔，后面的一切其实都是他干的。波尔蒂纳里用自己的驾照租了辆车，卖了那把珍贵无比的小提琴。而且，为了将谋杀设计成情杀的假象，他还强奸了那个女人。"

"没有留下任何精液？"

"当然不能留下，精液会给警方查找 DNA 留下线索。"

蒙塔巴诺举起两根手指打断了他。

"对于你的感想，我想说几点。你说得没错，想要证明那位主人公有罪，需要一个很漫长的过程，但也并非不可能实现。所以，从现在开始，他的屁股后面肯定摆脱不了两群人的围堵，一群是他的债主，还有一群则是警察。另外一点是，音乐家并没有说错，小提琴确实值二十亿里拉。"

"但是刚刚……"

塞拉瓦莱意识到自己露馅儿了，赶紧打住了。蒙塔巴诺仿佛没听见一般，继续往下说。

"我们的主人公十分狡猾，想想看，他一直在给酒店打电话找米凯拉，即使他已经把米凯拉杀害了，他还在不断地往酒店打电话，但有一点是他没有注意到的。"

"什么？"

"呃，既然你觉得我的故事很牵强，我还不打算告诉你了呢。"

"您行行好呗。"

"好吧，就算是帮你个忙。我们的主人公从米凯拉那儿得知音乐家的名字叫卡塔尔多·巴贝拉，而且自己还调查了一番。这样，你现在给酒店接线员打个电话，让他给巴贝拉音乐家打个电话，他的电话号码在号码本里可以找到，你就跟他说你是代表我给他打电话的，让他本人来给你讲这个故事吧。"

塞拉瓦莱站起身，拿起了听筒，让电话接线员拨通了巴贝拉的电话。

"喂，请问是巴贝拉音乐家吗？"

对方刚答话，塞拉瓦莱就把电话挂断了。

"我还是想听您自己跟我讲。"

"好吧。有天晚上，米凯拉开车将那位音乐家接到了自己家里，巴贝拉一看到那把小提琴，整个人都愣住了，随后试着拉了一下，最后断定，那就是一把瓜奈里小提琴。他把这个情况告诉了米凯拉，并且说想把小提琴拿到他的一个专家朋友那儿去鉴定一下，同时，他还建议米凯拉不要将那么贵重的一件乐器留在一栋无人居住的房子里。于是，米凯拉将小提琴托付给了这位音乐家，音乐家从自己家里拿了一把小提琴作为交换放回了琴盒中。故事中对此一无所知的主人公最后偷的也正是那把小提琴。噢，对了，差点儿忘了，我们的主人公在杀了他的情人之后，还将她包里的珠宝、伯爵牌腕表都顺走了。有句话怎么说的来着？积小钱，办大事，对吧？他还把她的衣服鞋子都拿走了，但这只不过是为了掩人耳目，妨碍警方的 DNA 检查而已。"

蒙塔巴诺已经准备好应对各种情况，却完全没料到塞拉瓦莱会是那种反应。一开始，这位古董商转过身背对他看向窗外的时候，警长还以为他在哭，但当他转过身的时候，蒙塔巴诺才发现他是在努力让自己不要笑。就在他和警长对视的那一刹那，他突然大笑起来。塞拉瓦莱就这样又哭又笑，费了好大劲儿才终于恢复了平静。

"看来我跟您走是比较好的选择喽？"他说。

"我建议你最好是那样。"蒙塔巴诺答道,"毕竟在博洛尼亚等着你的那群人还想着跟你讨债呢。"

"我收拾一下东西就跟您走。"

蒙塔巴诺看着他朝长椅上的手提箱走去,弯下了腰。看到塞拉瓦莱接下来的动作之后,警长立即站了起来。

"不!"警长大叫了一声并快速往前迈出了一大步。

可惜已经来不及了,圭多·塞拉瓦莱已经将左轮手枪枪管放进嘴里并扣动了扳机。蒙塔巴诺警长强压着一股恶心感,擦去了溅到自己脸上的热热的、黏黏的东西。

18

圭多的半边脑袋都没了，因为房间太小，所以枪声格外响，以至于蒙塔巴诺的耳朵里到现在还嗡嗡作响。但奇怪的是，过了这么久都没人来敲门看看到底发生了什么。

德拉瓦莱酒店建于十九世纪末，墙体厚实坚固，也许这个时间点，大多数人都去前面的庙里玩了吧。不过这样也好。

蒙塔巴诺走进卫生间，把沾满鲜血的黏黏的双手洗干净，然后出来拿起了电话。

"我是蒙塔巴诺警长，酒店的停车场里停着一辆警车，你去把车上的警官叫到这儿来，然后麻烦立刻把经理也叫来。"

首先赶到现场的人是加洛，看到上司脸上和衣服上的血迹，他马上就慌了。

"长官，长官，您受伤了吗？"

"淡定一点儿，这不是我的血，是那个家伙的。"

"那是谁啊？"

"他就是谋杀立卡兹太太的凶手，但眼下，不要跟任何人透露这件事。你现在立刻赶回维加塔，让奥杰洛跟博洛尼亚警方协调发布全面通缉令，全面追捕一个叫艾罗·波尔蒂纳里的嫌疑人，我想他们应该已经拿到了证据，他就是这个人的共犯。"蒙塔巴诺指着已经自杀的塞拉瓦莱总结道，"听着，你办好之后立刻回到这里。"

站在门边的加洛往旁边侧了侧身，酒店经理走进了房间。他是个大块头，身高至少一米九八，还很胖。看到躺在地上缺了一半脑袋的尸体和杂乱不堪的房间，经理说了声"什么情况"之后就慢慢跪了下去，脸着地躺下了，整个人晕了过去。这时，加洛还没来得及离开，蒙塔巴诺和他一起把这个大块头的经理拖到了卫生间，将他靠在浴缸旁边。然后加洛拿起淋浴喷头，打开水往经理脸上喷去，经理马上就清醒了。

"真是太走运了，真是太走运了。"经理一边擦去身上的水，一边低声咕哝道。

看到蒙塔巴诺一脸疑惑地看着自己，经理解释道："一群日本客人今天白天刚离开。"

在托马塞奥检察官、帕斯夸诺法医、快速特警队的新任队长和取证小组到来之前，蒙塔巴诺不得不换下自己的西装和衬衫。酒店经理执意要借衣服给警长，迫于无奈，蒙塔巴诺也只好接受。

经理的衣服几乎可以塞下两个蒙塔巴诺，他的两只手都缩在袖子里，裤腿得挽上好几层，看上去像个小矮人。

等会儿那么多人来了之后，他还得一遍一遍地说明自己是如何找到凶手的，又是如何看见他自杀的，想到这里，蒙塔巴诺心里非常不爽。

一番番问答、解释和讲述过后，他终于得以回到维加塔警局，那时候已经差不多晚上八点了。

"你是缩水了吗？"米米一看到他就问。

蒙塔巴诺上来就冲他挥了一拳，米米悻悻地躲开了，不然他的鼻子肯定被打爆了。

※

还没等警长发话，大家都已经整整齐齐地聚集在他办公室了。蒙塔巴诺一五一十地把所有细节都告诉了他们，从最开始如何怀疑到塞拉瓦莱头上，到最后如何目睹他那悲惨结局，一字不落。最后，米米·奥杰洛给出了最精辟的总结。

"他自我了断了也挺好，不然我们缺少足够的证据，很难拘禁他，一位好的律师用不了多长时间就能把他弄出去。"

"但那个家伙是自杀。"法齐奥说道。

"那又怎样？"米米反驳道，"那可怜的毛里齐奥·迪·布拉斯不也一样吗？有谁能确定他走出山洞时手里拿着一只鞋子不是为了求死呢？事后证明，他们果然将鞋子看成了武器将他射杀了。"

"不过，长官，为什么他大叫着自己应该受到惩罚呢？"杰尔马纳问道。

"因为他目睹了整个谋杀过程却没能阻止。"蒙塔巴诺总结道。

当他们都要离开办公室的时候，蒙塔巴诺突然想到一件事，他知道，如果自己现在不交代下去的话，明天一忙肯定又忘干净了。

"加洛，我想让你去趟局里的汽车修理厂，把那辆'丽人行'上的所有纸质文件带回来给我。还有，跟机修工商量一下，尽快把车修好，如果他有兴趣卖车的话，告诉他帮忙找个好买家。"

※

"长官，耽误您一分钟。"

"进来吧，坎塔。"

坎塔雷拉红着脸进来了，兴奋中带着些羞涩。

"怎么了？说吧。"

"我拿到了第一周的成绩报告单，长官。课程从周一一直持续到周五上午，我想给您看看。"

打开那张折叠的纸，上面全是 A。在"考察结果"四个字的标题下面，老师写着："他是全班第一。"

"干得漂亮，坎塔雷拉！你真是我们局里的骄傲啊。"

坎塔雷拉都快哭出来了。

"你们班上有多少人？"

"阿玛托、阿莫鲁索、巴齐尔、贝纳托、博努拉、坎塔雷拉、奇米诺、法里内拉、菲力博内、罗达托、希梅卡和齐卡里，一共十二个，长官。如果我手上有台计算机的话，我一定能操作得很好。"

蒙塔巴诺将头埋在了双手中间。

那样的话，人工还有未来吗？

※

加洛从修理厂回来了。

"我跟机修工说了，让他修好之后把那辆车卖了。在汽车仪表盘下的小柜子里，我找到了这张登记卡和一幅地图。"

他把东西放在了警长的桌子上，但并没有离开，整个人看上去比刚才的坎塔雷拉还要不安。

"怎么了？"

加洛并没有回答，而是将一张长方形的小硬纸片递给了他。

"这个是在前面副驾驶的位置上找到的。"

那是一张晚上十点到达巴勒莫机场的登机证，存根上的日期刚好就是上周三，旅客的名字叫 G·斯皮纳。为什么，蒙塔巴诺不禁问自己，人在取假名字的时候都喜欢用自己真名的首字母开头吗？

圭多·塞拉瓦莱将登机证落在了米凯拉的车上，杀人之后，他来不及回去找，或者他根本没意识到自己的登机证丢了。所以在酒店的时候，他才会否认登机证的存在，甚至说旅客用的可能不是自己的真实姓名。

但如今，登机证的存根就在蒙塔巴诺手里，他们完全可以把那张机票查出来，然后把当天乘坐那趟航班的人找出来，只是这个过程可能会有点儿费劲罢了。

想了这么多他才意识到，加洛还站在桌子前面，一脸严肃的表情。

"如果我们先把车里彻底搜一遍的话……"

是啊，如果在找到尸体的第二天就把那辆"丽人行"搜一遍，整个案件的调查就会沿着正常的轨道发展，毛里齐奥也不至于被误杀了，真正的谋杀犯应该也落网坐牢了，可惜，这些都只是如果……

※

从一开始，这个案子就是一个错误接着一个错误。毛里齐奥被错当成了谋杀犯，鞋子被错当成了武器，一把廉价的小提琴被错当成了价值连城的瓜奈里小提琴，而塞拉瓦莱又想把自己伪装成一个叫作斯皮纳的人……

蒙塔巴诺刚开过桥就习惯性地停下了车，但这一次，他没有下车。安娜家里亮着灯，他知道她应该是在等他。他点了根烟，吸了一半就丢出了窗外，然后开车离开了。

他不想再犯另外一个错误了。

※

他一进屋就脱掉了那一身大的不像样的衣服，然后打开冰箱，拿出了十几个橄榄，切了一小块羊奶干酪。

蒙塔巴诺走到阳台上，晚上的月光很亮，海水平缓地起伏着。蒙塔巴诺不想再浪费时间了，他起身回屋拨通了利维娅的电话。

"利维娅，是我，我爱你。"

"你怎么了？"利维娅担忧地问道。

因为他们在一起的这段时间，只有遇到艰难危险的时候，蒙塔巴诺才会对她说这句话。

“没事，我明天上午会很忙，我得写一份长长的结案报告交给局长，不出意外的话，明天下午我就可以坐飞机去找你了。”

“我等你。”利维娅答道。